KB156245

일본문학 총서 1

음험한 짐승
陰獸

음험한 짐승
陰獸

에도가와 란포江戶川乱歩 지음

이성규·오현영 옮김

도서출판 시간의물레

차 례

■ 저자 소개

  에도가와 란포(江戶川乱步)[1894년〈메이지(明治) 27년〉 10
월 21일 - 1965년〈쇼와(昭和) 40년〉 7월 28일]는 일본의 추리소
설가, 괴기·공포소설가, 편집자인데, 본명은 히라이 다로(平
井太郎)이다. 1894년 10월 21일 미에(三重)현(県) 나바리(名
張)시(市)에서 히라이 도키쿠(平井繁男)의 장남으로 출생하
고, 2세 때, 아버지의 전근으로, 스즈카군(鈴鹿郡) 가메야마
초(亀山町), 다음 해 아이치(愛知)현(県) 나고야(名古屋)시로
옮긴다. 어른이 되어서도 이사를 반복하여 평생 46회 이사
했다.

  초등학교 때 어머니가 들려준 기쿠치 유호(菊池幽芳) 역
(訳)『비중지비(秘中の秘)』(윌리엄 르 큐 원작)가 탐정소설
을 접한 최초의 경험이었다. 중학교에서는 오시카와 슌로
(押川春浪)나 구로이와 루이코(黒岩涙香)의 소설을 탐독했
다. 구제(旧制) 아이치(愛知)현립(県立) 제5중학교를 졸업한
후 와세다(早稲田)대학 정경학부에 입학한다. 중학생 때 구
로이와 루이코(黒岩涙香)의『유령탑』등의 작품에 열중한

이후, 구미의 미스터리 작품을 탐독하고, 펜네임은 그가 경도된 에드거 앨런 포(Edgar Allan Poe)에서 유래된다. 대학 재학 중에 걸작 처녀작 『화승총(火繩銃)』을 집필하여, 하쿠분칸(博文館)의 잡지 『모험세계(冒險世界)』에 투고하지만, 게재는 되지 않았다.

대학 졸업 후는, 무역상 사원, 도바(鳥羽)조선소 전기부에 취직한다. 서무과로 배속되었는데, 기사장의 마음에 들어, 사내 잡지 『니치와(日和)』의 편집과 아이들에게 옛날이야기를 들려주는 모임을 여는 등, 지역 교류의 일을 맡게 된다. 이 회사는 1년 4개월 만에 퇴직하는데, 이 시기의 경험이 『지붕 밑의 산책자(屋根裏の散歩者)』(1926), 『파노라마섬 기담(パノラマ島奇談)』(『신청년(新青年)』에 1926~1927년에 연재)의 참고가 되었다고 한다. 그리고 헌책 장사, 도쿄시 직원, 포장마차의 중국 메밀 가게 등 각종 직업을 전전한다.

1923년에 모리시타 우손(森下雨村)과 고사카이 후보쿠(小酒井不木)의 격찬을 받아, 『니센도카(二錢銅貨)』가 『신청년(新青年)』 4월호에 연재됨으로써 작가로 데뷔한다. 본격적인 암호 해독을 트릭으로 삼은 본 작품은, 일본에 근대적인 추리소설을 확립한 기념비적인 작품으로 평가받는다.

데뷔작인 『니센도카(二錢銅貨)』 이후 어디까지나 겸업의 취미라는 범주로서 산발적으로 단편소설을 집필하는 데에 머물렀다. 1925년, 모리시타(森下)의 기획으로 『신청년(新靑年)』에 6개월 연속 단편을 게재함에 따라, 두 번째 작품인 『심리시험(心理試驗)』이 호평을 받고 이것을 계기로 단호한 결심을 하게 되었다고 서술하고 있다. 이것으로 회사를 그만두고 소설가 하나만으로 살아가는데, 탐정소설가로서는 일찍 침체 상태에 빠져, 연속 게재 여섯 번째 작품에 해당하는 『유령(幽靈)』(1925년 5월)은 스스로 형편없는 작품이라고 평하고, 소설가가 된 것을 후회했다고 한다. 그러나 모리시타(森下)의 소개로 『사진(写真)호치(報知)』나 『구라쿠(苦楽)』에도 게재하게 되어, 탐정소설 전문지인 『신청년(新靑年)』에는 실리지 못하는 통속적인 작품 집필로 생계가 안정되었다.

그 후, 『인간의자(人間椅子)』(1925), 『D비탈길의 살인사건(D坂の殺人事件)』(1925), 『지붕 밑의 산책자(屋根裏の散歩者)』(1926) 등 독창적인 트릭과 참신한 착상에 의한 단편과

『호반정(湖畔亭)사건』(1926), 『음험한 짐승(음수 ; 陰獸)』(1928) 등의 장편을 집필하였다. 한편, 『오시에(押絵)와 여행하는 남자』(1929), 『고도의 도깨비(孤島の鬼)』(1930)과 같은 환상적인 괴기 취향의 명편(名編)을 발표했다. 그러나 1930년 전후부터 창작력의 고갈을 느끼며, 몹시 강렬한 서스펜스를 무기로 한 『거미 남자(蜘蛛男)』(1929), 『황금가면(黃金仮面)』(1930) 등의 통속 스릴러로 전환하고, 또 다른 한편으로는, 『괴인(怪人)이십면상(二十面相)』(1936)과 같은 아동물을 써서 갈채를 받았다. 중기의 본격적인 작품으로 간주되는 『석류(石榴)』(1934)로, 제2차 세계대전 중에는 사실상 집필 금지 상태에 놓였다.

제2차 세계대전 이후 추리소설 분야를 중심으로 평론가나 연구가, 편집자로서도 활약했다. 전후에는 『게닌겐기(化人幻戱)』(1954)와 같은 장편도 썼지만, 란포(乱歩)의 정열은 창작보다도 오히려 추리소설의 보급과 후배 양성, 연구와 평론으로 향해지고, 1947년에 탐정작가클럽의 초대회장이 되었다. 1954년 환갑을 기념하여 신인 발굴을 목적으로 한 '에도가와란포 상(江戶川乱歩賞)'을 설정하고, 란포의 기부로 창설된 '에도가와란포 상(江戶川乱歩賞)'이 추리작가의 등용문이 되는 등 후세에도 커다란 영향을 미쳤다. 자신도 실제로 탐정으로서 이와이 사부로(岩井三郎) 탐정사무소에 근무한 경력도 있다.

전후에도 대중은 란포(乱歩)의 '본격적인 것'보다도 '변칙적인 것'을 지지하였으며, 일본·해외를 불문하고 기출의 트릭이 있는 본격 추리가 경멸되었기 때문에, 작가로서도 란포(乱歩)뿐만 아니라 변칙적인 것이 중심으로 집필되었다. 동 시기에 다수 발표된 장편 탐정소설 중에서, 전후 지속적으로 재간된 것은 란포(乱歩)의 작품뿐이다. 공전의 리바이벌이 된, 요코미조 마사시(橫溝正史)조차, 제2차 세계대전 이전의 장편은 몇 개를 제외하면 일시적으로 재간되었을 뿐이다. 그리고 추리소설(미스터리)의 틀에 머무르지 않고, 괴기·환상문학에서 존재 이유가 있다. 란포(乱歩)의 엽기·비정상적인 성애(性愛)를 그린 작품은 후일의 관능소설에 다대한 영향을 남겼다.

1963년에는 일본추리작가협회의 초대 이사장에 취임했
다. 추리소설의 창작 이외에 평론집 『환영성(幻影城)』정편
(1951)·속편(1954), 자전적 에세이집 『탐정소설40년』(1961)
이 있다.[1]

---

1) 이상은 日本大百科全書(ニッポニカ)「江戸川乱歩」의 해설
   https://kotobank.jp/word/%E6%B1%9F%E6%88%B8%E5%B7%9
   D%E4%B9%B1%E6%AD%A9-14570
   フリー百科事典『ウィキペディア(Wikipedia)』
   https://ja.wikipedia.org/wiki/%E6%B1%9F%E6%88%B8%E5%B7%9
   D%E4%B9%B1%E6%AD%A9에서 인용하여, 적의 번역함.

역자 머리말

『음험한 짐승(음수 ; 陰獸)』는 일본에서 추리소설 작가로 명성이 자자한 에도가와 란포(江戶川乱歩)가 저술한 중편 추리소설을 번역한 것이다.

본 역서의 원 저본은 1928년 11월, 하쿠분칸(博文館)에 발행한 것인데, 하쿠분칸의 잡지 『신청년』(1928년) 8월 증간호, 9월호, 10월호에 세 차례 나누어서 연재되었다. 그리고 본 역서는 고분샤(光文社)에서 2005년에 발행한 에도가와 란포 전집 제3권 『음수(陰獸)』에 기반을 둔, 인터넷 도서관 아오조라(靑空)문고에서 제공하고 있는 인터넷 파일을 번역 대상으로 삼았다.

『음험한 짐승(음수 ; 陰獸)』의 원 제목인 『음수(陰獸)』는 저자인 란포(乱步)에 의하면, 고양이 같이 "얌전하고 음침하지만, 어딘지 비밀스러운 무서움과 섬뜩함을 지니고 있는 짐승"이라고 하는데, 작품이 발표된 직후부터 「음수(淫獸) ; 음란한 짐승」이라고 오해되거나 혼동되어, 섹슈얼(성적 충동을 느끼게 하는 모양)한 의미로 받아들여지는 일이 많았다고 한다. 그로 인해 변태적인 범죄가 발생할 때마다, 신문 기사 등에서 종종 「음수(陰獸)」라는 표제어가 사용되게 되었기 때문에, 란포(亂步)는 불쾌감을 드러냈다고 한다.

　『음수(陰獸)』의 번역어로는『음험한 짐승』과『음침한 짐승』가 가능한데, 이 작품 속에서 '음험한(陰險な)'라는 서술이 자주 쓰이고 있다는 점을 감안하여 본 역서에서는『음험한 짐승』으로 하기로 했다.

　도쿄아사히(朝日)신문[1926년 12월 8일-1927년 2월 20일]과 오사카아사히(朝日)신문[1926년 12월 8일-1927년 2월 21일] 연재한 장편 소설『잇슨보시(一寸法師)』에 자기 혐오를 느낀 란포(亂步)는, 일단 집필 생활을 그만두고, 방랑길에 나섰다. 그리고 14개월 후 집필된 것이『음험한 짐승(음수; 陰獸)』이다. 당시,『신청년(新靑年)』의 편집장을 맡고 있던, 요코미조 마사시(橫溝正史)의 선전도 있어, 란포는 화려한 부활을 이루게 되었다.

이 작품에 등장하는 2명의 탐정작가 중에서 사무카와(寒
川)는 작가 고가 사부로(甲賀三郞) 오에슌데이(大江春泥) :
작가 자신을 모델로 삼고 있다. 그리고 슌데이(春泥)의 저작
으로서, 셀프 ; 패러디(작자 자신의 작품을 제재로 한 패러
디)로서 란포(乱步)의 저작을 바탕으로 한 소설 명이 작중에
복수 등장한다.

역자(이성규)는 지금까지 일본어 관련 분야에서 주로 일
본어학, 일본어교육을 중심으로 연구해왔으며, 얼마 전부터
는 일본어 구어역(口語訳) 성서의 언어학적 표현에 주목하
여, 일련의 결과를 사회에 제출한 바 있다. 일본어 성서를
한국어로 옮기는 기초 작업을 통해, 성서라는 공통점이 지
니고 있음에도 불구하고, 양 언어의 성서 사이에는 유사점
도 무론 있지만, 상이점 또한 존재한다는 사실이 극명하게
드러났다. 그동안 번역은 언어학 분야의 작업 아니라는 지
론을 견지했는데, 성서 연구를 통해 번역이 고도의 언어학
적 고찰에 기초하여 윤문(潤文)에 있어서 신중한 접근이 필
요하다는 것을 깨닫게 되었다.

역자들은 '번역에 있어서의 새로운 지평을 연다' 고 하는 입장에서 번역에 참여하고 있는데, 이것은 극히 오만한 태도로 투영될 수 있기 때문에, 보족을 달면, 언어학적 분석이 선행된 철저한 본문 비판을 통해, 원 저자의 의도를 반영하자는 소박한 생각을 나타난 것이라는 점을 분명히 밝히고자 한다.

역자인 이성규와 오현영은 본문 비판, 윤문 번역, 주, 해설에 관해 의견을 나누고 검토했다. 그리고 본문의 일부 어휘 및 표현에 관해서는 인하대학교 대학원 박사과정 일본어학 전공의 나카무라 유리(中村有里)님(인천대학교)의 다대한 조언을 받았기에 감사의 뜻을 표한다.

특히 일본어는 한국어에 비해 상대적으로 언어형식이 분화적인 면이 있고 분석적인 표현이 주를 이루기 때문에, 한국어로 그것을 그대로 옮기면 부자연스럽거나 용장감(冗長感)을 지울 수 없다. 그렇다고 해서 한국어 표현에 지나치게 방점을 둘 경우에는, 일본어의 생생한 어감을 제대로 살리지 못하며, 또한 일본어에서는 구별하여 사용하고 있는 미세한 감정 표출을 언어화할 수 없다. 번역에 있어서는 먼저 치밀한 본문 비판에서 출발해서, 당해 작품에 대한 언어학적 분석을 거친 연후, 그에 상당하는 어휘와 표현을 결합하는 것이 중요하다고 판단한다. 지금 언급한 내용은 실은 이상적인 과정인지라, 과연 본 역서가 이에 부합하는지는 독자의 판단이라고 사려된다.

2022년 9월 1일

역자 이성규(李成圭) / 오현영(吳晛榮)

에도가와 란포(江戸川乱歩) 『음험한 짐승(陰獣)*』

■ 등장인물

사무카와(寒川)[나]

본 작품의 화자. 탐장 유형의 탐정 소설가로, 밝고 상식적인
작풍을 구사한다. 모델은 고가사부로(甲賀三郎). 고가 사부
로[1893년 10월 5일 - 1945년 2월 14일]는 소설가, 작가, 추
리작가, 희곡작가.

오야마다 시즈코(小山田静子)

실업가 오야마 로쿠로의 처. 출신지는 시즈오카(静岡). 여학
교(구제 '고등여학교(高等女学校)'. 여학교 4학년 때에 히라
타 이치로(平田一郎 ; 오에 슌데이(大江春泥)와 한때 사귀고
있었다. 슌데이(春泥)에게 협박을 받아, 사무카와에게 조력
을 요청한다.

---

* 음수(陰獣) : 저자인 란포(乱歩)에 의하면, 고양이 같이 "얌전하고 음침
  하지만, 어딘지 비밀스러운 무서움과 섬뜩함을 지니고 있는 짐승"이라
  고 한다.

오야마다 로쿠로(小山田六郎)

시즈코의 남편. 합자회사 로쿠로쿠상회(碌々商会)의 출자 사원. 시즈코와는 연령이 떨어져 있는데다가, 연령보다도 나이 들어 보인다.

오에 슌데이(大江春泥)

본명은 히라타 이치로(平田一郎). 수수께끼로 가득 찬 범죄 유형의 탐정 소설가로 어둡고 병적이고 끈적끈적한 작풍을 구사한다. 『신청년(新青年)』에 원고의 사진판이 게재된 적이 있다. 예전에 시즈코와 사귀고 있었지만, 버림을 받아서 그녀에게 원한을 가지고 있다. 극도로 남과 접촉하는 것을 싫어해서, 원고 의뢰나 주고받는 것은 편지를 통해 하는 경우가 많다. 이사를 되풀이하는 습관이 있고, 2년간 7군데이나 주거를 바꾸고 있다. 모델은 에도가와 란포(江戸川乱歩) [본명은 히라이 다로] 자신.

오에 슌데이의 아내

서양식 머리형을 하고, 근시 안경을 쓰고 있다. 남과 접촉하는 것을 싫어하는 슌데이를 대신해서, 원고를 전하는 경우

18

가 많다.

혼다(本田)

사무카와의 지인. 하쿠분칸(博文館)의 외교기자로, 오에 슌
데이 본인과 대화한 적이 있는 몇 안 되는 인물.

이토자키(糸崎)

검사. 오야마다 로쿠로 변사 사건 담당. 법학사(法学士). 탐
정작가·의학자·법률가 등으로 만들고 있는 「엽기회(猟奇
会)」의 회원으로, 사무카와와는 전부터 아는 사이.

아오키 다미조(青木民蔵)

오야마다 집안의 고용된 운전수.

히라야마 히데코(平山日出子)

여류 탐정 소설가로 작품을 발표하고 있지만, 실은 남성으
로 정부 관리. 모델은 히사야마 히데코(久山秀子)

I

　나는 가끔 생각하는 일이 있다. 탐정 소설가라는 것에는 두 종류가 있어, 한쪽은 범죄자 유형이라고도 할까, 범죄에만 흥미를 가지고 있고, 가령 추리적인 탐정소설을 쓴다고 해도, 범인의 잔인한 심리를 마음껏 쓰지 않으면 만족하지 않는 그런 작가이고, 다른 한쪽은 탐정 유형이라고도 할까, 극히 건전하고 이지적인 경로에만 흥미를 가지고 있고 범죄자의 심리 같은 것에는 전혀 개의치 않는 그런 작가라고 하겠다. 그리고 내가 이제부터 쓰려고 하는 탐정작가 오에 슌데이(大江春泥)는 전자에 속하고, 나 자신은 아마도 후자에 속할 것이다. 따라서 범죄를 다루는 장사임에도 불구하고, 그냥 탐정의 과학적인 추리가 재미있어서 전혀 악인은 아니다. 아니 아마도 나 같이 도덕적으로 민감한 사람은 적다고 해도 상관없을 것이다. 호인이고 선량한 사람인 내가 우연하게도 이 사건에 관계했다는 것이 애당초 일이 잘못된 것이다. 만일 내가 도덕적으로 좀 더 둔감했더라면, 내게 다소라도 악인의 소질이 있었다면, 나는 이렇게까지 후회하지 않아도 되었을 것이다. 이런 무시무시한 의혹의 구렁에 빠지지 않아도 되었을 것이다. 아니 그러기는커녕 나는 어쩌면 지금쯤 아름다운 아내와 분에 넘치는 재산을 누리며 복에 겨운 사람으로 생활하고 있었는지도 모른다.

사건이 종료되고 나서, 꽤 많이 시간이 지났기 때문에, 어떤 무서운 의혹은 아직 풀리지 않았지만 나는 생생한 현실에서 멀어져서 다소 회고적인 입장이 되었다. 그래서 이런 기록 같은 것도 써 볼 생각이 든 것인데. 그리고 이것을 소설로 만들면, 상당히 재미있는 소설이 될 것이라고 생각하지만, 나는 마지막까지 쓰는 것은 썼다고 해도 당장 발표할 용기는 나지 않는다. 왜냐하면 이 기록의 중요 부분을 이루는 오야마다(小山田) 씨 변사 사건은, 아직도 세인들의 기억에 남아 있기 때문에, 아무리 이름을 바꾸고 윤색을 가해 봤자 아무도 단순한 공상 소설이라고는 수긍하지 않을 것이다. 따라서 넓은 세상에는 이 소설에 의해 간접적인 피해를 보는 사람도 없다고는 할 수 없지만, 나 자신도 그것을 알면

창피하기도 하고 불쾌하기도 한다. - 라고 하기보다는, 사실을 말하면 나는 두려운 것이다. 사건 그 자체가 백일몽처럼 정체를 알 수 없는 이상하게 기분이 나쁜 사안이었을 뿐만 아니라 그것에 관해 내가 그린 망상이 내 자신도 불쾌감을 느끼는 무서운 것이었기 때문이다. 나는 지금도 그것을 생각하면 파란 하늘이 소나기구름으로 가득 차서 귓속에서 쿵쿵하며 북소리 같은 것이 울리기 시작한다. 그런 식으로 눈앞이 어두워지고 이 세상이 이상한 것으로 생각된다.

이런 까닭에 나는 이 기록을 지금 당장 발표할 생각은 없지만 언젠가는 한 번 이것을 토대로 하여 내 전문 분야인 탐정소설을 써 보고 싶다고 생각하고 있다. 이것은 말하자면 그 노토에 지나지 않는다. 약간 자세한 메모에 지나지 않는 것이다. 나는 그래서 이것을 정월 부분만 쓰고, 나머지는 여백이 되어 있는 일기장에 마치 장황한 일기라도 쓰는 기분으로 써 두는 것이다.

나는 사건 기술에 앞서 이 사건의 주인공인 탐정작가 오에 슌데이(大江春泥)[1]의 위인에 관해 작품에 관해 또 그의

---

1) 오에 슌데이(大江春泥) : 작가 자신을 모델로 삼고 있다. 그리고 슌데이(春泥)의 저작으로서 셀프 ;패러디(작자 자신의 작품을 제재로 한

일종의 색다른 생활에 관해 자세히 설명해 두는 것이 편리하다고는 생각하지만, 실은 나는 이 사건이 일어날 때까지는 작품에서는 그를 알고도 있었고 잡지에서 토론조차 한 적이 있지만, 개인적 교제도 없어 그의 생활은 잘은 몰랐다. 그것을 약간 상세히 안 것은 사건이 일어나고 나서 내 지인인 혼다(本田)라는 남자를 통해서이었기 때문에, 슌데이에 관해서는 내가 혼다에게 문의하고 조사하며 다닌 사실을 쓸 때 기록하기로 하고, 사건의 순서에 따라 내가 이 이상한 사건에 연루되게 된 최초의 실마리에서 글을 쓰기 시작해가는 것이 가장 자연스럽다고 생각된다.

그것은 작년 가을 10월 중엽의 일이었다. 나는 오래된 불상을 보고 싶어서 우에노(上野)의 제실박물관(帝室博物館)의 침침하고 휑뎅그렁한 방들을 발소리를 죽이며 돌아다니고 있었다. 방이 넓고 인기척이 나지 않아서 사소한 소리가 무서운 반향을 일으켜서 발소리뿐만 아니라 기침조차 꺼려졌다. 박물관이라는 것이 어째서 이리도 인기가 없는가 하

패러디)로서 란포(乱歩)의 저작을 바탕으로 한 소설 명이 작중에 복수 등장한다.

고 의심이 들 정도로 거기에는 사람의 그림자가 없었다. 진열장의 커다란 유리가 차갑게 빛나고 리놀륨에는 작은 먼지조차 떨어져 있지 않았다. 절의 불당처럼 천장이 높은 건물은 마치 물속에라도 있는 것처럼 아무 소리도 없이 매우 조용했다.

마침 내가 어떤 방 진열장 앞에 서서 고풍스러운 목조 보살상의 꿈같은 에로틱한 모습을, 넋을 잃고 보고 있었을 때 뒤에 소리를 죽인 발소리와 희미한 옷이 스치는 소리가 나서 누군가가 내 쪽으로 가까이 오는 것을 느꼈다. 나는 무엇인가 소름이 끼쳐 앞 유리에 비친 사람 모습을 보았다. 거기에는 지금 보는 보살상과 모습을 겹쳐서, 노란 바탕에 줄무늬를 놓은 비단 같은 무늬의 겹옷을 입은 기품 있는 마루마게(丸髷)[2] 모습의 여자가 서 있었다. 여자는 이윽고 내 옆에 어깨를 나란히 하고 멈춰 서서, 내가 보고 있는 같은 불상을 물끄러미 주시하고 있는 것이었다.

나는 한심스러운 일이지만, 불상을 보고 있는 얼굴을 하며, 가끔 힐끔힐끔 여자 쪽을 보지 않을 수 없었다. 그 만큼 그 여자는 내 마음을 끌었던 것이다. 그녀는 창백한 얼굴을

---

2) 마루마게(丸髷) : 결혼한 일본 여자가 하는, 둥글게 틀어 올린 머리.

하고 있었지만, 그렇게 호감이 가는 창백한 것을 나는 이전에 본 적이 없었다. 이 세상에 '젊은 인어'라는 것이 있다고 하면, 아까 그 여자와 같은 고상하고 아름다운 피부를 지니고 있음에 틀림없다. 어느 쪽인가 하면 옛날 풍의 미인인 오뚝한 코에 희고 갸름한 얼굴로 눈썹도 코도 입도 목덜미도 어깨도 모든 선이 우아하고 가냘프고 나긋나긋하고 자주 옛날 소설가가 형용한 것 같은 만지면 사라져갈 것처럼 생각되는 모습이었다. 나는 지금도 그 때 그녀의 속눈썹이 길고 꿈을 꾸는 듯한 시선을 잊을 수가 없다.

어느 쪽이 먼저 말을 꺼냈는지 나는 지금 이상하게 생각해낼 수 없지만 아마 내가 어떤 계기를 만들었을 것이다. 그녀와 나는 거기에 늘어서 있는 진열품에 관해 두서 마디 서로 말을 한 것이 계기가 되어 그러고 나서 박물관을 한 바퀴 돌고, 거기를 나와서 우에노(上野)의 산나이(山內)를 야마시타(山下)로 빠져나갈 때까지 오랫동안 길동무가 되어 간간이 여러 가지 이야기를 나누었다.

그렇게 이야기를 하다 보니, 그녀의 아름다움은 한층 운치를 더하는 것이었다. 그 중에도 그녀가 웃을 때의 수줍어

하는 듯한 연약한 아름다움에는 뭔가 고풍스러운 유화 속의 성녀의 상이라도 보고 있는 것 같은 또는 그 '모나리자의 이상한 미소'를 생각해내는 일종의 색다른 느낌을 갖지 않을 수 없었다. 그녀의 송곳니는 새하얗고 커서 웃을 때에는 입술 끝이 그 송곳니에 걸려 수수께끼 같은 곡선을 만들지만, 오른쪽 볼의 파르께한 피부 위의 커다란 점이 그 곡선에 잘 어울려서 뭐라고 형용할 수 없는 우아하고 귀여운 표정이 되었다.

하지만 만일 내가 그녀의 목덜미에 그 이상한 것을 발견하지 않았더라면, 그녀는 그냥 고상하고 우아하고 연약해서 만지면 사라져 버릴 것 같은 아름다운 사람 이상으로 그렇게도 강하게 내 마음을 끌지 않았을 것이다. 그녀는 절묘하게 옷깃을 잘 여미고 조금도 꾸며낸 티가 나지 않고 그것을 숨기고 있었지만 우에노의 산나이를 걷고 있는 동안에 나는 흘끗 보고 말았다. 그녀의 목덜미에는 아마 등 쪽까지 깊고 붉은 점 같은 굵은 부르틈이 생겨 있었다. 그것은 태어날 때부터 있는 반점으로도 보였고, 또 그렇지 않고 최근 생긴 상처 자국으로도 생각되었다. 창백하고 반들반들한 피부 위에 딱 알맞고 연약해 보이는 목덜미 위에 검붉은 털실이 기는 것처럼 보이는 그 부르틈이 그 잔혹함이 이상할 정도로 에로틱한 느낌을 주었다. 그것을 보면 지금까지 꿈처럼 생각되었던 그녀의 아름다움이 별안간 생생한 현실감을 수반하며 내게 다가왔다.

이야기하다 보니 그녀는 합자회사 로쿠로쿠상회(碌々商會)의 출자 회원의 한 사람인 실업가 오야마다 로쿠로(小山田六郎) 씨의 부인, 오야마다 시즈코(小山田静子)이었던 것을 알게 되었지만, 다행히 그녀는 탐정소설의 독자로 특히 내 작품은 좋아해서 애독하고 있다고 해서(그것을 들었을 때 나는 가슴이 설렐 만큼 기뻤던 것을 잊지 못한다.) 즉 작자와 애독자의 관계가 우리를 약간의 부자연스러움도 없이 친하게 만들어주었고, 나는 이 아름다운 사람과 그것을 마지막으로 헤어져 버리는, 본의 아닌 생각을 맛보지 않고 끝날 수 있었다. 우리는 이것을 인연으로 그러고 나서도 자주 편지를 주고받을 정도의 사이가 되었다. 나는 젊은 여자이면서도 인기척이 없는 박물관 등에 와 있던 시즈코의 우아한 취미도 마음에 들었고, 탐정소설 속에서도 가장 이지적이라고 불리고 있는 내 작품을 애독하는 그녀의 취향도 반

가웠고, 나는 완전히 그녀에게 완전히 빠져들고 만 형태로 정말 자주 의미도 없는 편지를 보내곤 했지만, 그것에 대해 그녀는 일일이 정중하고 여자다운 답장을 주었다. 독신이며 남보다 민감하게 외로움을 타는 나는 이런 고아하고 마음이 끌리는 여자 친구를 얻은 것을 얼마나 기뻐했을까?

II

　오야마다 시즈코와 나의 편지로 하는 교제는 그렇게 수 개월 동안 지속되었다. 편지 왕래를 거듭하는 사이에 나는 대단히 주뼛주뼛하면서 내 편지에 넌지시 어떤 의미를 담고 있던 것을 부정할 수 없지만, 생각 탓인지 시즈코의 편지에 도 그냥 형식적인 교제 이상으로 참으로 음전했지만, 무엇 인지 따뜻한 마음이 담겨지게 되었다. 털어 놓고 말하면, 부 끄럽지만 나는 시즈코 남편인 오야마다 로쿠로 씨가 나이도 시즈코보다는 상당히 먹은데다가, 그 나이보다도 늙어 보이 는 편이고, 머리 같은 것도 다 벗겨진 그런 사람이라는 것을 고심해서 알아냈다.

　그것이 올 2월경이 되어 이상한 점을 보이기 시작했다. 그녀는 뭔지 몹시 무서워하고 있는 것처럼 느껴졌다.

시즈코 "요즘 대단히 걱정스러운 일이 생겨서 밤에도 자주 잠자다 깨고 있습니다."

그녀는 어떤 편지에 이런 것을 썼다. 편지의 글귀는 간단했지만, 그 글귀 뒤에 편지 전체에 공포에 떨고 있는 그녀 모습이 또렷이 보이는 것 같았다.

시즈코 "선생님께서는 같은 탐정작가이신 오에 슌데이(大江春泥)라는 분과 혹시 친구가 아니십니까? 그 분의 주소를 아신다면 가르쳐 주지 않으시겠습니까?"

어느 때의 편지에는 이런 것이 쓰여 있었다. 물론 나는 오에 슌데이의 작품은 잘 알고 있지만, 슌데이라는 남자가 대단히 남과 접촉하는 것을 싫어해서 작가 모임 등에도 한 번도 참석하지 않아서 개인적인 교제는 없었다. 게다가 그는 작년 중간쯤부터 딱 집필하지 않게 되어 어디로 이사가 버렸는지 주소도 모른다고 하는 소문을 듣고 있었다. 나는 시즈코한테는 그대로 대답해 주었지만, 그녀의 최근의 공포는 어쩌면 바로 그 오에 슌데이와 관련이 있는 것이 아닌가 생각하자, 나는 나중에 설명하는 것 같은 이유 때문에 왠지 모르게 불쾌한 기분이 들었다.

그러자 얼마 후 시즈코로부터 "한 번 의논드리고 싶은 일이 있으니 찾아뵈어도 지장이 없는지"라는 엽서가 왔다. 나는 그 '의논'의 내용을 어렴풋이 느끼고 있었지만, 설마 그런 무서운 사안이라고는 상상도 하지 못했기 때문에 어리석게도 신이 나서 기뻐하며 그녀와의 두 번째 대면의 즐거움을 여러 가지로 망상하고 있을 정도이었지만 "기다리고 있겠습니다."라는 내 답장을 받자마자, 바로 그 날 나를 찾아온 시즈코는 이미 내가 하숙집 현관으로 맞이했을 때 나를 실망시켰을 정도로 아주 풀이 죽어 있었고, 그녀의 '의논'이라는 것도 나의 앞서의 망상 같은 것은 어딘가로 날아가 버린 것처럼 이상한 사안이었다.

시즈코 "저 정말 생각다 못해 찾아뵌 것입니다. 선생님이라면 들어 주실 수 있을 것 같은 생각이 들어서 … 하지만 아직 안 지 얼마 안 되는 선생님께 이렇게 숨김 없이 전부 의논을 드리는 것은 결례가 아닐까요?"

그때 시즈코는 바로 그 송곳니와 점이 눈에 띄는 연약한 웃음을 지으며 슬쩍 나를 올려다보았다. 추운 때라서 나는 작업용 책상 옆에 자단으로 만든 직사각형의 목제 화로를 놓았는데 그녀는 그 건너편에 예의바르게 앉아 두 손의 손가락을 화로 가장자리에 올려놓았다. 그 손가락은 마치 그녀의 전신을 상징하는 것처럼 보들보들하고 가늘고 연약해서 그렇다고 해도 결코 마른 것은 아니고 색은 창백하지만, 결코 건강하지 않는 것도 아니고, 꽉 쥐면 사라져 버릴 것 같이 가냘프지만 게다가 대단히 미묘한 탄력을 지니고 있다. 손가락뿐만 아니라 그녀 전체가 마치 그런 느낌이었다.

그녀의 단단히 마음먹은 모습을 보면 나도 자신도 모르게 진지해져서 "제가 할 수 있는 일이라면,"이라고 대답하자, 그녀는 "정말 어쩐지 기분이 나쁜 일입니다."라고 미리 말하고 그녀의 유년 시절의 신상 이야기를 섞어서 다음과 같은 이상한 사실을 내게 말했던 것이다.

그때 시즈코가 말한 그녀의 신상을 매우 간단히 적으면, 그녀의 고향은 시즈오카(静岡)이었는데 거기에서 그녀는 여학교(女学校)[3]를 졸업하기 직전까지 극히 행복하게 자랐다. 단 하나의 불행이라고도 할 수 있는 것은 그녀가 여학교 4

---

3) 여학교(女学校) : 제2차 세계대전 이전의 일본에서, 여자 교육을 실시하기 위한 학교를 가리키는 명칭이다. 메이지(明治) 초기에는 여자가 취학하는 학교 전반을 가리켰지만, 학교 교육 제도가 정비되자, 여자 중등 교육기관을 가리켜서 사용되게 되었다. 구제(旧制) '고등여학교(高等女学校)'의 준말.

학년 때 히라타 이치로(平田一郎)라는 청년의 교묘한 유혹에 빠져 아주 잠깐 그와 연인 사이가 된 것이었다. 왜 그것이 불행인가 하면 그녀는 18세 처녀의 사소한 우발적인 충동에서 사랑을 흉내 내서 해 보았을 뿐 결코 진심으로 상대인 히라타 청년을 좋아하지 않았기 때문이다. 그리고 그녀쪽에서는 진정한 사랑이 아니었는데도 상대는 진지해졌기 때문이다. 그녀는 귀찮게 치근대는 히라타 이치로를 피하려고 한다, 그렇게 되면 그렇게 될수록 청년의 집착은 심해진다. 종국에는 심야에 검은 사람의 모습이 그녀 집 담 밖을 돌아다니거나 우편함에 기분 나쁜 협박장이 날아들기 시작했다. 18세 처녀는 그녀의 충동심의 무서운 응보에 부들부들 떨고 말았다. 부모도 심상치 않은 딸의 모습을 알아차리고 몹시 걱정했다.

때마침, 시즈코로서는 오히려 그것이 행운이었다고도 할 수 있는데, 그녀 가족에게 큰 불행이 찾아왔다. 당시 경제계의 큰 변동에서 그녀의 아버지는 임시변통할 수 없는 거액의 빚을 남기고, 장사를 접고, 거의 야반도주와 마찬가지로 히코네(彦根)에 있는 대수롭지 않은 연고를 찾아 몸을 숨겨야만 하는 처지가 되었다. 이 예기치 않은 환경 변화 때문에 시즈코는 중학교를 중도 퇴학해야 했지만, 한편으로는 갑작스러운 이사로 어떤지 기분 나쁜 히라타 이치로의 집념에서 도망칠 수 있어서, 그녀는 후유 하고 가슴을 쓸어내리는 기분이 되었다.

그녀의 아버지는 그것이 원인으로 병석에 눕고 얼마 후 죽었지만 그러고 나서 단 두 사람만 남은 어머니와 시즈코에게는 한동안 비참한 생활이 계속되었다. 그러나 그 불행은 그다지 오래 가지는 않았다. 얼마 후 그녀들이 세상의 이목을 피하고 있던 같은 마을의 출신자인 실업가 오야마다(小山田) 씨가 그녀들 앞에 나타났다. 그것이 구원의 손길이었다. 오야마다 씨는 어느 때 틈으로 살짝 보고 시즈코를 깊게 사랑해서 연줄을 찾아 결혼을 신청했다. 시즈코도 오야마다 씨가 싫지는 않았다. 나이는 열 살 이상이나 차이가 났지만, 오야마다 씨의 스마트한 신사다운 태도에 어떤 동경을 느끼고 있었다. 혼담은 척척 진행되었다. 오야마다 씨는 어머니와 함께 신부인 시즈코를 데리고, 도쿄의 저택으로 돌아갔다. 그리고 7년이란 세월이 흘렀다. 그들이 결혼하고 나서 3년째 되는 해인가 시즈코 어머니가 병사한 것, 그리고 얼마 있다가, 오야마다 씨가 회사의 중요한 직무를 띠고,

2년 정도 해외에 여행한 것(일본으로 돌아온 것은 바로 재작년 세밑이었지만, 그 2년 동안 시즈코는 매일 다도, 꽃꽂이, 음악 등의 선생님에게 다니며, 혼자 지내는 외로움을 달래고 있었다고 말했다.) 등을 제외하고는, 그들 집안에는 이렇다 할 사건도 없이, 부부 사이도 지극히 원만하게 행복한 세월이 계속되었다. 남편인 오야마다 씨는 대단한 노력가로 그 7년 동안 눈에 띄게 재산을 불려갔다. 그래서 지금은 동업자 사이에서 확고부동한 기반을 쌓고 있었다.

시즈코 "정말 부끄러운 일입니다만, 저는 결혼할 때 남편에게 거짓말을 하고 말았습니다. 그 히라타 이치로의 관한 것을 그만 숨기고 말았습니다."

시즈코는 부끄러움과 슬픔 때문에 그 속눈썹이 긴 눈을 내리뜨고, 거기에 가득 눈물도 글썽이며 작은 소리로 가냘프고 연약하게 말하는 것이었다.

시즈코 "남편(오야마다)은 히라타 이치로의 이름을 어딘가에서 들어서 다소 의심하고 있었던 것 같았습니다만, 저는 끝까지 남편 이외에는 남자를 모른다고 우기고 히라타와의 관계를 비밀로 하며 계속 숨겼습니다. 그래서 그 거짓말을 지금도 계속하고 있습니다.

남편이 의심하면 의심할수록 나는 한층 더 감추어야 했습니다. 사람의 불행이라는 것은 어떤 곳에 숨어 있는 것인지, 정말 무섭다고 생각합니다. 7년 전의 거짓말이 그것도 절대로 악의로 한 거짓말은 아니었는데 이렇게도 무서운 모습으로 지금 저를 괴롭히는 불씨가 되리라고는. 저는 히라타 같은 사람은 정말 완전히 잊어버렸습니다. 갑자기 히라타로부터 그런 편지가 왔을 때에도 히라타 이치로라는 발신인 이름을 봐도, 잠시 동안은 누군지 생각해낼 수 없을 정도로 저는 완전히 다 잊었습니다."

시즈코는 그렇게 말하고 그 히라타로부터 왔다는 몇 통의 편지를 보여주었다. 나는 그 후 이들 편지의 보관을 부탁받아 지금도 여기에 가지고 있는데, 그 중에서 제일 처음 온 것은 이야기 줄거리를 전개해 나가는 데에 도움이 되기 때문에 그것을 여기에 제시해 두기로 하겠다.

시즈코 씨, 나는 드디어 자네를 찾았다. 자네 쪽에서는 알아차리지 못하지만, 나는 자네를 우연히 만난 곳에서 자네를 미행해서, 자네의 저택을 알 수 있었다. 오야마다라는 지금의 자네

성도 알았다. 자네는 설마 히라타 이치로를 잊지는 않았겠지? 아무리 까닭 없이 싫은 녀석이었지만 기억하고 있을 거야. 나는 자네에게 버림받아 얼마나 번민했는지, 박정한 자네는 알 수 없을 거야. 번민하고 번민해서, 심야 자네가 사는 저택 주위를 헤맨 적도 몇 번 있었을 거야. 그러나 자네는 내 열정이 타오르면 타오를수록 더욱 더 냉담해졌다. 나를 피하고, 나를 무서워하고, 결국에는 나를 미워했다. 자네는 연인에게서 미움 받은 남자의 기분을 헤아릴 수 있을까? 내 번민이 한탄이 되고 한탄이 원한이 되고 원한이 엉겨서 복수심으로 변해간 것이 무리일까? 자네가 가정 사정을 운 좋게 여기고 한마디 인사도 없이 도망치는 것처럼 내 앞에서 모습을 감추었을 때 나는 며칠 동안 아무 것도 먹지 않고 서재에 계속 앉아 있었다. 그리고 나는 복수를 맹세했다. 나는 젊어서 자네의 행방을 찾는 방도를 몰랐다. 많은 채권자가 있는 자네의 아버지는 누구에게도 그 행선지를 알리지 않고 모습을 감추고 말았다. 나는 언제 자네를 만날 수 있을지 몰랐다. 그러나 나는 긴 일생을 생각했다. 평생 자네를 만나지 않고 끝나리라고는 도저히 생각할 수 없었다.

나는 가난했다. 먹기 위해 일하지 않으면 안 되는 신세이었다. 하나는 그것이 끝까지 자네의 행방을 찾아 돌아다니는 것을 방해했다. 한 해 두 해, 세월은 쏜살같이 지나갔지만, 나는 늘 빈곤과 싸우지 않으면 안 되었다. 그리고 그 피로가 잊으려고 한 것도 아니지만 자네에 대한 원망을 잊게 했다. 나는 먹는 것에 몰두했기 때문이다. 그러나 3년쯤 전에 내게 예기치 않은 행운이 찾아왔다. 나는 모든 직업에서 실패해서, 실망의 구렁텅이에 있을 때 시름을 잊기 위해 한 편의 소설을 썼다. 그것이 계기가 되어 나는 소설로 밥을 먹을 수 있는 신분이 되었다. 자네는 지금도 소설을 읽고 있을 테니까, 아마 오에 슌데이라는 탐정 소설가를 알고 있을 것이다. 그는 벌써 1년 정도 아무것도 안 쓰지만, 세상 사람들은 아마도 그의 이름을 잊고 있지 않을 것이다. 그 오에 슌데이야 말로 이렇게 말하는 나인 것이다. 자네는 내가 소설가로서의 허명에 몰두해서 자네에 대한 원한을 잊어버렸다고 생각하는가? 아니 아니, 내 그 피투성이가 된 소설은 내 마음에 깊은 원한을 갖고 있었기에 쓸 수 있었다고도 말할 수 있다. 그 시기심 그 집념 그 잔학함 그것들이 죄다 내 집요한 복수심에서 나온 것이라고 알았다면, 내 독자들은 거기에 깃든 요사스러움에 몸을 떠는 것을 금할 수 없을 것이다.

시즈코 씨, 생활의 안정을 얻은 나는 돈과 시간이 허락하는 한, 자네를 찾아내기 위해 노력했다. 물론 자네의 사랑을 되찾으려고 하는 등의, 불가능한 소망을 품은 것은 아니다. 내게는 이미 아내가 있다. 생활의 불편을 없애기 위해 장가들은 형태만의 아내가 있다. 그러나 내게 연인과 처는 전혀 별개의 것이다. 즉 아내를 맞이했다고 해서, 연인에 대한 원한을 잊어버리는 나는 아니기 때문이다.

시즈코 씨. 지금이야말로 나는 자네를 찾아냈다. 나는 기쁨

에 온 몸이 떨고 있다. 나의 다년간의 소원을 이룰 때가 온 것이
다. 나는 오랫동안 소설 줄거리를 구성할 때와 같은 기쁨으로 자
네에 대한 복수의 수단을 엮어 왔다. 가장 자네를 괴롭히고 자네
를 무서워하게 만드는 방법을 숙고해왔다. 드디어 그것을 실행
할 때가 왔다. 내 환희를 살펴주게나.

자네가 경찰이나 기타 보호를 간청해도 내 계획을 방해할 수
는 없다 내게는 모든 준비가 되어 있기 때문이다. 올 1년 동안은
신문기자, 잡지기자 사이에 내가 행방불명되었다는 소식이 전해
졌다. 이것은 일부러 자네에 대한 복수를 위해서 한 것은 아니
고, 내가 사람과 접촉하는 것을 싫어하는 습성과 그리고 비밀 취
향에서 행방을 감추는 것이지만, 그것은 뜻밖에도 소용이 있었
다. 나는 가일층 면밀하게 함으로써, 세상에서 내 모습을 감출
것이다. 그리고 순조롭게 자네에 대한 복수 계획을 진행해 나갈
것이다.

자네는 틀림없이 내 계획을 알고 싶어 할 것이다. 그러나 나
는 지금 그 전체를 입 밖에 낼 수는 없다. 공포는 서서히 쫓아갈
수록 효과가 있기 때문이다. 그러나 자네가 굳이 듣고 싶다고 한
다면, 나는 내 복수 사업의 일단을 말하는 것을 애석히 여기는
것은 아니다. 예를 들어, 나는 지금부터 3일 전 즉 1월 31일 밤
에 자네 집 안에서 자네 신변에서 있어난 모든 사소한 일을 나는
똑같이 자네에게 말할 수 있다.

오후 7시부터 7시 반까지 자네는 자네들 침실로 할당된 방

의 작은 책상에 기대고 소설을 읽었다. 소설은 히로쓰 류로의 단편집 『헤메덴(変目伝)』, 그 중에서 『헤메덴(変目伝)』만을 다 읽었다. 7시 반부터 7시 40분까지, 하녀에게 다과를 가지고 오라고 시키고 후게쓰도(風月堂)의 모나카(最中)를 2개, 차를 세 잔 마셨다. 7시 40분부터 화장실에 가서 약 5분 있다가, 방으로 돌아왔다. 그때부터 9시 10분쯤까지 편물을 하면서 생각에 골몰했다. 9시 10분 남편이 귀가. 9시 20분경부터 10시 조금 지날 때까지 남편의 저녁 반주의 상대를 하고 잡담했다. 그 때 자네는 남편이 권해서 글라스에 절반쯤 포도주를 마셨다. 그 포도주는 뚜껑을 막 연 것으로 코르크 마개의 작은 조각이 글라스에 들어 있는 것을 자네는 손가락으로 집어냈다. 저녁 반주가 끝나자마자, 하녀에게 이부자리를 깔게 하고 두 사람은 화장실을 갔다가 온 다음 취침했다. 그리고 11시까지 두 사람은 잠들지 않았다. 자네가 다시 자네 잠자리에 누워 있을 때 자네 집의 늦게 가는 큰 괘종시계가 11시를 알렸다.

자네는 이 기차 시간표처럼 꼼꼼한 기록을 읽고 공포를 느끼지 않을 수 없을 것이다.

2월 3일 심야
복수자로부터
내 생애에서 사랑을 빼앗은 여자에게

시즈코 "저는 오에 슌데이라는 이름은 상당히 이전부터 알고 있었지만, 그것이 히라타 이치로의 필명이라고는 전혀 생각하지 못했습니다."

시즈코는 어쩐지 기분 나쁜 것처럼 설명했다. 사실 오에 슌데이의 본명을 알고 있는 사람은 우리 작가 동료 중에서도 적은 편이었다. 나도 역시 그의 저서 판권장을 보거나 나한테 자주 오는 혼다가 본명으로 그의 이야기를 하는 것을 듣지 않았더라면, 영원히 히라타라는 이름을 몰랐을 것이다. 그 정도로 그는 사람을 접촉하는 것을 싫어해서 세상에 얼굴을 내밀지 않는 남자였다.

히라타의 협박 편지는 그밖에도 세 통 정도 있었는데 모두 대동소이하고 (소인은 이것저것 모두 다른 우체국이었다.) 복수의 저주 그 말 뒤에 시즈코의 어느 날 밤의 행위가 작은 일과 큰일 빠짐없이 정확한 시간을 덧붙여서 기입되어 있는 것은 다르지 않았다. 특히 그녀의 침실의 비밀은 어떤 은밀한 점까지도 너무나 드러나서 쑥스러운 정도로 또렷이 그려내고 있었다. 얼굴이 빨개지는 것 같은 어떤 행위 어떤 말마저 냉혹하게 묘사되어 있었다.

시즈코는 그와 같은 편지를 다른 사람에게 보이는 것은

얼마나 창피하고 고통스러웠을까, 충분히 헤아릴 수 있었지만, 그것을 참으면서까지 그녀가 나를 의논 상대로 고른 것은, 만부득이한 일이라고 말하지 않으면 안 된다. 그것은 한편으로는, 그녀가 과거의 비밀을 즉 그녀가 결혼 이전 이미 처녀가 아니었다는 사실을 남편인 로쿠로 씨에게 알려지는 것을 얼마나 두려워하고 있었는가를 보여주는 것이며 동시에 또한 한편으로는 그녀의 나에 대한 신뢰가 얼마나 두터운지를 증명하는 것이기도 했다.

시즈코 "저는 남편 쪽 친척 이외에는 가족은 한 사람도 없고 친구에게 이런 것을 의논할 만한 가까운 육친 같은 분은 없고 정말 무례하다고는 생각했지만, 저는 선생님에게 의지하면 제가 어떻게 하면 좋을지 가르쳐 주실 것이라고 생각해서요."

그녀로부터 이와 같은 말을 듣자 이 아름다운 여자가 이렇게까지 나를 의지하고 있을까 생각하자 나는 가슴이 설렐 정도로 기뻤다. 내가 오에 슌데이와 같은 탐정작가였던 것 적어도 소설에서는 상당히 능숙한 추리작가이었던 것 등이, 그녀가 나를 의논 상대로 선택한 다소간의 이유로 작용했음에 틀림없지만, 그렇다고 하더라도 그녀가 나에 대해 상당한 신뢰와 호의를 가지고 있지 않으면, 이런 의논을 내게 하지는 않았을 것이다.

말할 필요도 없이 나는 시즈코의 부탁을 받아들이고 가능한 한의 조력을 할 것을 승낙했다. 오에 슌데이가 시즈코의 행동을 이 정도로 상세하게 알기 위해서는 오야마다 집의 하인을 매수하거나, 그 자신이 저택 안에 몰래 들어가서, 시즈코의 몸 가까이에 몸을 숨기고 있거나, 또는 그것과 가까운 흉계가 이루어지고 있었다고 생각하지 않을 수 없었다. 그의 작풍에서 짐작해도 슌데이는 그런 괴이한 흉내를 낼지도 모르는 남자이니까. 나는 그것에 관해 시즈코에게 짐작 가는 데를 물어 보았지만, 이상하게도 그런 흔적은 전혀 없다는 것이었다. 하인들은 속마음을 알 수 있는 오랜 세월 더부살이한 사람들뿐이고 저택의 문이나 담 등은 남편이 남보다 갑절이나 신경질적인 사람이라서 상당히 엄중하게 만들어져 있고, 게다가 설령 저택 내에 잠입할 수 있다고 해도, 하인들 눈에 띄지 않고, 후미진 방에 있는 시즈코 신변에 가까이 오는 것은, 거의 불가능하다는 것이었다.

그러나 사실은 말하면, 나는 오에 슌데이의 실행 능력을 경멸하고 있었다. 고작 탐정 소설가인 그에게 어느 정도의 일을 할 수 있을까? 기껏해야 장기인 편지 문장으로 시즈코를 두려워하게 만드는 것으로 도저히 그 이상의 흉계를 실행할 수 있을 리가 만무하다고 얕보고 있었다. 그가 어떻게 시즈코의 세세한 행동을 알아냈는지는 다소 불가사의했지만, 이것도 그의 장기인 마술사 같은 기지로 별로 수고를 들이지 않고, 누구한테서 캐물어 알아낸 거라고 가볍게 생각하고 있었다. 그래서 나는 내 생각을 이야기하여 시즈코를 위로하고, 나한테는 그 방면의 지인도 있으니, 오에 슌데이의 소재를 알아내고 가능하면 그를 훈계해서, 이런 멍청한 장난을 중지시키도록 적절하게 조치할 테니 라고 하며, 그것을 확실히 책임지고 떠맡아 시즈코를 돌려보냈다. 나는 오에 슌데이의 협박조의 편지에 관해 이리저리 새삼스럽게 문초하는 것보다는 상냥한 말로 시즈코를 위로하는 것에 힘을 쏟았다. 물론 내게는 그 일이 즐거웠기 때문이다. 그리고 헤어질 때, 나는 "이 일은 일절 남편에게 말씀하시지 않는 것이 좋겠지요. 당신의 비밀을 희생하실 정도의 대단한 일은 아닙니다."라는 말을 했다. 나는 어리석게도 그녀 남편도 모르는 비밀에 관해 그녀와 둘이서만 대화하는 즐거움을 가능한 한 오래 지속하고 싶었던 것이다.

그러나 나는 오에 슌데이의 소재를 알아내는 일만은 실제로 할 생각이었다. 나는 전부터 나와 정반대의 경향을 지닌 슌데이를 몹시 주는 것 없이 미웠다. 여자의 썩어 빠진 시기로 가득 찬 같은 말을 되풀이하는 것으로 변태 독자로 하여금 갈채하게 만들어 득의양양하고 있는 그가 아주 아니꼬웠다. 그래서 기회만 있으면 그의 음험한 부정행위를 폭로해서 울상을 짓게 만들어 주고 싶다고 생각했다. 나는 오에 슌데이의 행방을 찾는 것이 그렇게 어려울 것이리라고는 전혀 예상하지 못했다.

III

오에 슌데이는 그의 편지에도 있는 대로 지금부터 4년 전쯤에 전공이 다른 영역에서 갑자기 나타난 탐정 소설가였다. 그가 처녀작을 발표하자, 당시 일본인이 쓴 탐정소설이라는 것이 거의 없었던 독서 세계는 신기로운 것에 대단한 갈채를 보냈다. 과장되게 말하면, 그는 일약, 흥미 위주 책의 세계에서 총아(많은 사람들로부터 특별한 사랑을 받는 존재)가 되어 버렸던 것이다. 그는 상당히 작품을 적게 쓰는 사람이었는데, 그럼에도 여러 신문 잡지에 계속해서 새로운 소설을 발표해나갔다. 그것은 하나하나 피투성이로 음험하고 사악하고 한번 읽으면 소름이 끼치는 형태의 기분 나쁘고 불길한 것뿐이었지만, 그것이 오히려 독자를 끌어당기는 매력이 되고, 그의 인기는 좀처럼 사그라지지 않았다.

나도 거의 그와 같은 시기에 종래의 소년 소녀 소설에서

탐정소설로 전업했는데, 그래서 사람이 적은 탐정소설 세계
에서는 상당히 이름이 알려지게 된 것인데, 오에 슌데이와
나는 작풍이 정반대라고 해도 좋을 정도로 달랐다. 그의 작
풍이 어둡고 병적이고 깐족깐족 약을 올린 것에 반해, 내 것
은 밝고 상식적이었다. 당연한 기세로 우리는 묘하게 작품
을 쓰는 것을 서로 경쟁하는 그런 형태가 되었다. 그래서 서
로 작품을 깎아내리기조차 했다. 라고 해도 아니꼽게도 깎
아내리는 것은 대부분 내 쪽이고 슌데이는 가끔 내 문제 제
기를 반박해오는 경우도 있었지만, 대개는 초연하게 침묵을
지키고 있었다. 그리고 잇달아 무서운 작품을 발표해 나갔
다. 나는 그를 폄하하면서도, 그의 작품에 깃들어 있는 일종
의 요사스러운 기운에 감동을 받지 않을 수 없었다. 그는 뭔
가 타오르지 않는 도깨비불과 같은 정열을 가지고 있었다.
(그것이 그의 편지에 있는 것처럼 시즈코에 대해 앙심을 품
은 원한에서 나온 것이라고 한다면, 약간 수긍할 수 있지만)
정체를 모르는 매력이 독자를 사로잡았다. 실은 나는 그의
작품이 갈채를 받을 때마다 말할 수 없는 질투를 느끼지 않
을 수 없었다. 나는 어린이 같은 적의조차 품었다. 어떻게
해서라도, 그 녀석에게 이기고 말겠다는 소망이 끊임없이

내 마음 한 구석에 뿌리박히고 있었다. 그러나 그는 1년쯤 전부터 뚝 소설을 쓰지 않게 되고, 소재조차 숨기고 말았다. 인기가 수그러진 것도 아니고, 잡지기자 등은 정신없이 그의 행방을 찾아다녔을 정도이었지만, 무슨 까닭인지 그는 완전히 행방불명이었다. 그는 까닭 없이 미운 사람이었지만, 막상 없어지고 보니 좀 적막하기도 했다. 유치한 표현을 하면, 호적수(라이벌)을 잃어버린 것 같은 허전함이 남았다. 그런 오에 슌데이의 최근 소식이 게다가 매우 기괴한 소식이 오야마다 시즈코(小山田静子)에 의해 알려진 것이다. 나는 부끄러운 일이지만, 이렇게도 기묘한 상황에서 옛날의 경쟁 상대와 재회한 것을 은근히 기뻐하지 않을 수 없었다.

하지만 오에 슌데이가 탐정 이야기의 구성에 쏟은 공상을 생각을 바꿔 실행에까지 추진해 나간 것은 생각해 보면, 어쩌면 당연한 추이이었는지도 모른다. 이것은 세상 사람들도 대개 알고 있는 터이지만, 어떤 사람이 말한 것처럼 그는 하나의 '공상적 범죄 생활자'엿다. 그는 마치 살인마가 사람을 죽이는 것과 똑같은 흥미를 가지고, 똑같은 감격을 가지고, 원고지 위에 그의 피투성이 같은 범죄 생활을 영위하고 있었다. 그의 독자는 그의 소설에 붙어 다니던 일종의 무시무시하고 기분 나쁜 분위기를 기억할 것이다. 그의 작품이 항상 평범하지 않은 시기심 비밀을 감추는 습성 잔학성으로 가득 찬 것을 기억할 것이다. 그는 어느 소설에서 다음과 같이 까닭 모를 무서운 말마저 입에 담고 있었다.

오에 슌데이 "결국 그는 단순한 소설로는 만족하지 못할 때가 오지 않을까요? 그는 이 세상의 시시하고 평범한 것에 질려서, 그 이상한 공상을 적어도 종이 위에 써서 나타내는 것을 즐기고 있었습니다. 그래도 그는 지금 그 소설에조차 질려 버리고 말았습니다. 이렇게 된 바에는 그는 도대체 어디에 자극을 구하면 좋을까요? 범죄 아하 범죄만이 남겨져 있었습니다. 모든 것을 다해 버린 그 앞에는 세상에도 감미로운 범죄의 전율만이 남겨져 있었습니다."

그는 또 작가로서의 일상생활에 있어서도 무척 색다른 사람이었다. 그의 사람을 만나는 것을 기피하는 습성과 비밀을 감추는 습관은 작가 동료나 잡지 기자들 사이에 널리 알려져 있었다. 방문하는 사람이 그의 서재로 안내되는 일은 극히 드물었다. 그는 어떤 선배에게도 아무렇지도 않게 문전축객을 했다. 게다가 그는 자주 이사를 하고, 거의 1년

내내 병이라고 사칭하고, 작가 모임 등에도 얼굴을 내미는 일이 없었다. 소문에 의하면, 그는 낮이고 밤이고 이부자리를 개지 않고 늘 거기에 드러누워, 식사를 하던 집필을 하던, 모두 누워서 한다고 했다. 그리고 낮에도 빈지문을 꽉 닫고, 일부러 5촉 전등을 켜고, 어둑어둑한 방속에서 그 독특한 기분 나쁜 망상을 그리면서, 꿈틀거리고 있다고 했다.

나는 그가 소설을 쓰지 않게 되고, 행방불명이란 소식을 전해 들었을 때, 어쩌면 그는 자주 소설 속에서 말했던 것처럼 아사쿠사(浅草) 주변의 너저분한 뒷골목의 초라한 거리에 둥지를 틀고, 그의 망상을 실행하기 시작한 것은 아닐까 하고, 남몰래 이리저리 상상을 했었지만, 역시 그러고 나서 반년도 지나기 전에 그는 정말 망상 실행자로서 내 앞에 나타난 것이었다.

나는 슌데이의 행방을 찾기 위해서는 신문사 문예부나 잡지사의 외교기자(外交記者)[4]에게 문의하는 것이 가장 지름길이라고 생각했다. 그렇다고 해도 슌데이의 일상생활은

---

4) 외교기자(外交記者) : 신문사 등에서 사건을 쫓아 회사 밖에서 취재활동을 하는 기자.

몹시 색달라서 방문하는 사람도 좀처럼 만나지 않았다고 할 정도이고 잡지사 등에서도 일단은 그의 행방을 찾고 나야만, 그와 꽤 친했던 기자를 붙잡아야 하는데, 운 좋게도 때마침 안성맞춤의 인물이 나와 흉허물 없는 사이의 잡지 기자 중에 있었다. 그는 그 분야에서는 일을 재치 있고 빠르게 처리하는 사람으로 소문이 자자한 혼다(本田)라는 외교기자로, 그는 거의 슌데이 담당자처럼 행동해서 슌데이에게 원고를 쓰게 하는 일을 하고 있던 시절이 있었고, 그는 게다가 외교기자이니만큼 탐정적인 수완도 상당해서 무시할 수 없는 것이 지니고 있다.

그래서 나는 전화를 걸어, 혼다에게 와 달라고 부탁하고, 먼저 내가 모르는 슌데이의 생활에 관해 물었는데 그러자 혼다는 마치 놀이 친구와 같은 호칭으로

"슌데이 말입니까? 그 녀석 괘씸한 놈에요."

라고 대흑천(大黒天)[5] 같은 얼굴을 히쭉히쭉 웃으며, 흔쾌히 내 질문에 대답해 주었다.

---

5) 대흑천(大黒天) : 칠복신(七福神)의 하나로 쌀가마니 위에 올라서서, 머리에 두건을 쓰고 요술 방망이와 큰 자루를 가지고 있는 복덕(福德)의 신으로 되어 있다.

혼다의 말하는 바에 따르면, 슌데이는 소설을 쓰기 시작했을 때에는 교외 이케부쿠로(池袋)의 작은 셋집에 살고 있었는데, 그러고 나서 작가로서의 명성이 높아지고, 수입이 늚에 따라 조금씩 넓은 집으로(라고 해도, 대개는 공동주택이었지만) 전전하며 옮겨 다녔다. 우시고메(牛込)의 기쿠이초(喜久井町), 네기시(根岸), 야나카(谷中) 하쓰네초(初音町), 닛포리(日暮里) 가나스기(金杉) 등등, 혼다는 그렇게 슌데이가 약 2년간 이사한 곳을 7개 정도 열거했다. 네기시(根岸)로 이사했을 때부터 슌데이는 서서히 인기 작가가 되어, 잡지 기자 등이 무척 우르르 몰려가곤 했지만, 그가 사람을 만나는 것을 싫어하는 버릇은 그 당시부터 있어, 늘 정문을 잠그고, 아내 등은 뒷문을 통해 출입하고 있다고 하는 것 같았다. 모처럼 찾아가도 만나 주지는 않고, 집에 있으면서 없는 체하고, 나중에 편지로 "저는 사람을 만나는 것을 싫어하니, 용건은 편지로 전해 주기 바란다." 고 하는 사과편지가 오거나 와서, 대부분의 기자들은 힘이 빠져, 슌데이를 만나서 이야기를 한 사람은 정말 거의 조금밖에 없었다. 소설가의 이상한 버릇에는 아주 익숙해져 있는 잡지 기자들도 슌데이의 사람 만나는 것을 기피하는 습성을 처치곤란해하고 있었다.

그러나 세상 이치는 묘해서 슌데이의 아내라는 사람은 상당히 어진 부인이어서, 혼다는 원고 교섭이나 재촉 등도 이 아내를 통해서 한 적이 많았다. 그래도 그 아내를 만나는 것도 몹시 번거롭고 정문이 닫혀 있고 게다가 때로는 '병중 면회 사절'이라든가, '여행 중'이라든가, "잡지기자 여러분. 원고 의뢰는 모두 편지로 부탁합니다. 면회는 거절합니다." 등과 같이 상당히 깐깐한 표찰이 매달려 있어서, 이 분야에서 알아주는 혼다도 질려서 물러나고, 아무런 소득 없이 돌아오는 경우도 여러 번 있었다. 그런 식이니까, 이사를 해도 일일이 통지문을 보내는 것이 아니라, 모두 기자들 쪽에서 우편물 등을 근거로 해서 찾아내야 했다.

혼다 "슌데이와 이야기를 하거나, 그 아내와 농담으로 말한 사람은 잡지 기자가 많다고 해도 아마 저 정도일 것입니다."

혼다는 그렇게 말하며 자랑을 했다.

사무카와 "슌데이라는 사람은 사진을 보면 상당한 미남자인데 실물도 그런가?"

나는 점점 호기심이 생겨서 이런 것을 물어 보았다.

혼다 "아뇨, 아무래도 그 사진은 거짓인 것 같아요. 본인은 젊을 때의 사진이라고 말했습니다만, 도무지 이상해요. 슌데이는 그런 미남자가 아니에요. 되게 뒤룩뒤룩 살이 쪘고, 운동을 안 한 탓이겠지요. (늘 자고 있으니까요.) 얼굴 피부 같은 건 살이 쪘는데도 축 늘어져서, 중국인처럼 무표정하고, 눈 같은 건 게슴츠레하게 탁하고 말하자면, 물에 퉁퉁 부은 익사체 같은 느낌이에요. 또한 몹시 말주변이 없고 말수가 적습니다. 그런 남자가 어떻게 그런 멋진 소설을 쓸 수 있는지 하는 생각이 들 정도에요. 우노 고지(宇野浩二)의 소설에 『간질』이라는 것이 있지요. 슌데이는 딱 그거예요. 욕창이 생길 정도로 죽 누워 있는 거예요. 나는 두서 번밖에 만나지 않았지만, 늘 그 남자는 누워서 이야기를 합니다. 누워서 식사를 한다는 것도 그런 모양이라면 사실일 거예요.

그러나 이상한 것은 말이에요. 그렇게 사람 만나는 것을 기피하는 사람으로 늘 누워 있는 남자가 가끔 변장 같은 것을 하고 아사쿠사(浅草) 주변을 어정거린다는 소문이 나 있으니까요. 게다가 그것이 으레 한밤중인 거예요. 정말 도둑이나 박쥐같은 남자입니다. 제가 생각하기에는, 그 남자는

극단적으로 부끄럼을 잘 타는 사람이 아닐까요? 즉 그 뒤룩
뒤룩 살이 찐 자기 몸매나 얼굴 생김새를 남에게 보이는 것
을 싫어하는 것이 아닐까요? 작가로서의 명성이 높아지면
높아질수록, 그 보기 흉한 육체가 더욱 더 창피해진다. 그래
서 친구도 만들지 않고, 찾아오는 사람도 만나지 않고, 그
벌충으로 밤에는 몰래 사람이 붐비는 번화한 거리를 헤매는
것이 아닐까요? 슌데이의 기질이나 아내의 말귀 등에서 아
무래도 그런 식으로 생각됩니다."

혼다는 상당히 달변으로 슌데이의 면모를 방불케 하는
것이었다. 그리고 그는 마지막으로 실로 괴상야릇한 사실을
보고한 것이다.

혼다 "그러나 말이지요, 사무카와(寒川)6)씨, 바로 요전 일인
데, 저는 그 행방불명된 오에 슌데이를 만났어요. 너
무 모습이 바뀌어서 인사도 못했지만, 아마 확실히
슌데이임에 틀림없습니다."

사무카와 "어디에서, 어디에서."

혼다 "아사쿠사(淺草) 공원이에요. 저는 그때 실은 유곽에서

---

6) 사무카와(寒川)는 작가 고가 사부로(甲賀三郎)를 모델로 삼고 있다.

놀다 외박하고 이튿날 새벽에 집으로 돌아오는 길이어서, 술이 완전히 깨지 않았는지 모릅니다만" 혼다는 히쭉히쭉 웃으며 머리를 긁었다. "거 있잖아요? 라이라이켄(来々軒)이라는 중국요리집이 있지요? 거기 모퉁이 부근에, 아직 사람들이 얼마 안 다니는 이른 아침에 새빨간 끝이 뾰족한 원추형의 모자에 광대 풍의 옷의, 살이 잘 찐, 광고 전단을 배포하는 사람이 불쑥 서 있었습니다. 참으로 꿈같은 이야기이지만, 그것이 오에 슌데이이었던 거예요. 덜컥 멈추어 서서, 말을 걸까 어떻게 할까 갈피를 못 잡고 있는 사이에 상대 쪽도 알아차린 것이겠지요. 그러나 역시 멍하고 무표정한 얼굴로 휙 등을 돌리더니, 그대로 아주 서둘러서 건너편 골목으로 들어가 버렸습니다. 어지간히 슌데이를 뒤쫓으려고 생각했지만, 그런 옷차림으로는 인사하는 것도 오히려 이상하다고 생각을 고쳐먹고 그대로 돌았습니다만."

오에 슌데이의 색다른 생활을 듣고 있는 사이에, 나는 악몽이라도 꾸고 있는 것처럼 기분이 불쾌해졌다. 그리고 그가 아사쿠사 공원에서 새빨간 끝이 뾰족한 원추형의 모자에

광대 풍의 옷을 걸치고 서 있었다는 이야기를 들었을 때에
는 왠지 철렁하고 오싹 소름이 끼치는 그런 느낌이 들었다.

그의 광대 모습과 시즈코에 대한 협박장 사이에 어떤 인
과관계가 있는지 나는 알 수 없었지만, (혼다가 아사쿠사에
서 슌데이를 만난 것은 정확히 첫 번째 위협 편지가 왔을
때인 것 같았다) 어쨌든 방임해 둘 수 없다는 생각이 들었
다.

나는 그때 하는 김에 시즈코한테서 맡아 두었던, 바로 그
협박장의 가급적 의미를 알 수 없는 부분을 한 장만 골라내
서, 그것을 혼다에게 보여주고, 과연 슌데이의 필적인가 어
떤가를 확인하는 것을 잊지 않았다. 그러자 그는 이것은 슌
데이의 필적임에 틀림없다고 단언했을 뿐만 아니라, 형용사
나 가나즈카이(표기법)의 습성까지 슌데이가 아니면 쓸 수
없는 문장이라고 말했다. 그는 언젠가 슌데의 필적을 흉내
내서 소설을 써 본 적이 있어서, 그것을 잘 알지만,

혼다 "그 지근덕지근덕 약을 올리는 문장은 쉽사리 흉내 낼
수 없어요."

라고 하는 것이다. 나도 그의 이 의견에는 찬성이었다. 몇
통의 편지 전체를 읽은 나는 혼다 이상으로 거기에 떠도는

슌데이의 냄새를 느끼고 있었다.

그래서 나는 혼다에게 엉터리 이유라도 만들어서, 어떻게 해서라도, 슌데이의 소재를 밝혀내 주지 않겠냐고 부탁했던 것이다. 혼다는,

혼다 "좋고말고요. 제게 맡겨 주세요."

라고 경솔하게 일을 떠맡았지만, 나는 그것만으로는 안심이 안 되어서, 내 자신도 혼다한테서 들은 슌데이가 마지막으로 살았다고 하는, 우에노(上野) 사쿠라기초(桜木町) 32번지에 가서, 근처에서 동태를 살펴보기로 했다.

IV

이튿날 나는 쓰다가 만 원고를 그대로 내버려 두고, 사쿠라기초로 나가서, 근처에 있는 하녀라든가 출입하는 상인들을 붙잡아, 여러 가지로 슌데이 집안에 관해 물어보고 다녀보았지만, 혼다가 한 말이 결코 거짓말이 아니었던 것을 확인한 이상은, 슌데이의 그 이후의 행방에 관해서는 아무 것도 몰랐다. 그 부근은 작은 문 등이 있는 중류 계층의 주택이 많아서, 이웃끼리도 뒷골목에 지은 공동 주택처럼 대화하는 일이 없고, 행선지를 알리지 않고 이사 갔다는 정도밖에 아무도 몰랐다. 물론 오에 슌데이는 문패 같은 것을 달지 않아서, 그가 유명한 소설가라고 아는 사람도 없었다. 트럭을 가지고 짐을 받으러 온 이삿짐센터조차 어디 가게인지 알 수가 없어서, 나는 아무런 소득도 없이 돌아올 수밖에 없었다.

달리 방법이 없어서 나는 급한 원고를 쓰는 틈틈이 매일처럼 혼다에게 전화를 걸어, 탐색 상황을 물었지만, 전혀 이렇다 할 실마리도 없는 듯, 5일, 6일 날이 지나갔다 그리고 우리가 그런 것을 하는 동안에 슌데이 쪽에서는 앙심을 품은 계략을 착착 진행시키고 있었다.

어느 날 오야마다 시즈코로부터 내 숙소로 전화가 걸려와서, "대단히 걱정스러운 일이 생겼으니, 한 번 왕림해 주시기를 바란다. 남편은 집에 없고, 하인들도 신경이 쓰이는 사람은 먼 곳으로 심부름을 보내고, 기다리고 있으니"라는 것이었다. 그녀는 집의 전화를 쓰지 않고, 일부러 자동전화(自動電話)[7]에서 걸은 것 같고, 그녀가 이만한 말을 하는 데에, 몹시 머뭇머뭇하고 있어, 도중에 3분이 되자 한 번 전화가 끊어졌을 정도였다.

주인이 집을 비운 것을 다행으로 하인들은 심부름으로 보내고, 몰래 나를 불러들인다고 하는, 이 품위 있고 아름다운 형식이 조금 나를 묘한 기분으로 만들었다. 물론 그렇다고 해서는 아니지만, 나는 당장 승낙하고 아사쿠사(浅草) 야마노슈쿠(山の宿)에 있는 그녀의 집을 찾아갔다. 오야마다

---

7) 자동전화(自動電話) : 공중전화의 구 명칭.

집은 상점과 상점 사이를 깊숙이 들어간 곳에 있는, 조금 옛날 기숙사 같은 느낌의 고풍스러운 건물이었다. 정면에서 보아서는 알 수 없지만, 아마 뒤에 큰 강이 흐르고 있는 것이 아닌가 생각되었다. 하지만 기숙사라고 보기에는 어울리지 않는 것은 새로 중축했다고 보이는 저택을 둘러싼 되게 멋이 없는 콘크리트 담과(그 담 위에는 도둑을 막기 위한 유리 파편도 박혀 있었다.) 본채 뒤쪽에 솟아 있는 이층짜리 서양관이었다. 그 두 가지가, 아무리 생각해도 예스러운 일본 식 건물과 조화를 이루고 있지 않고, 황금만능의 세련되지 않는 느낌을 주고 있었다.

　명함을 내밀고 면회를 청하자, 시골 사람인 듯한 나이가 차지 않은 하녀가 나와서, 서양관 쪽의 응접실로 안내되었는데, 거기에는 시즈코가 심상치 않은 모습의 만반의 준비를 하고 기다리고 있었다. 그녀는 여러 차례 나를 불러낸 무례를 사과하고 나서, 왠지 작은 목소리가 되어, "우선 이것을 봐 주십시오."라고 하며, 한 통의 봉서를 내밀었다. 그리고 무엇을 두려워하는지, 뒤를 보는 것처럼 하고, 내 쪽으로 다가오는 것이었다. 그것은 역시 오에 슌데이한테서 온 편지이었는데, 내용이 지금까지의 것과는 다소 달라서, 다음에 그 전문을 실어 두기로 하겠다.

시즈코. 네가 괴로워하고 있는 모습이 눈에 보이는 것 같다. 네가 남편에게는 비밀로 내 행방을 밝혀내려고 고심하고 있는 것도 나는 잘 알고 있다. 그러나 소용없으니 그만두어라. 설령 너한테 내 협박을 남편에게 고백할 용기가 있고, 그 결과 경찰에게 수고를 끼쳐봤자, 내 소재는 알 수 있을 리가 만무하다. 내가 얼마나 용의주도한 남자인 것은 내 과거 작품을 보아도 알 법하지 않느냐?

그런데 내 사전 연습도 이쯤에서 그만둘 때가 되었다. 내 복수 계획은 두 번째 단계로 옮길 시기에 도달한 것 같다. 그것에 관해 나는 약간 자네에게 예비지식을 제공해 두어야 할 것이다. 내가 어찌하여 그렇게도 정확하게 너의 매일 밤의 행위를 알 수 있었는지. 이제 너도 대략 짐작이 갈 것이다. 즉 나는 너를 발견하고 나서, 그림자처럼 네 신변을 항상 따라다니고 있는 것이다. 네 쪽에서는 아무리 해도 볼 수는 없었지만, 내 쪽에서는 네가 집을 있을 때도 외출할 때도 촌시의 끊임도 없이 네 모습을 응시하고 있는 것이다. 나는 완전히 너의 그림자가 되고 말았다. 실제로 지금 네가 이 편지를 읽고 부들부들 떨고 있는 모습도 네 그림자인 나는 어딘가의 구석으로부터 만면에 미소를 띠우며 가만히 바라다보고 있는지도 모른다.

너도 아는 바와 같이 나는 밤마다 네 행위를 바라다보고 있는 사이에 당연히 너희 부부 사이의 화목한 모습을 보고 말았다. 나는 물론 격렬한 질투를 느끼지 않을 수 없었다. 이것은 복수 계획을 처음 세웠을 때 계산에 넣어 두지 않았던 사항이었지만, 그러나 그런 일이 추호도 내 계획을 방해하지 않았을 뿐만 아니라 오히려 이 질투는 내 복수심을 활활 불태우는 기름이 되었다. 그래서 나는 내 예정에 다소의 변경을 가하는 편이 한층 내 목적에 유효한 것을 깨달았다. 그 이유는 다름이 아니라 다음과 같은 사정 때문이다. 애당초 예정에서는 나는 너를 괴롭히고 또 끝까지 괴롭히고, 무서워하게 하고 더욱 철저하게 무서워하게 한 다음에, 서서히 네 목숨을 빼앗으려고 생각하고 있었지만, 요전부터 원하지도 않은 너희 부부 사이를 보게 되고 나서, 너를 살해하기에 앞서 네가 사랑하는 남편의 목숨을 네 눈앞에서 빼앗고, 그리고 나서 그 슬픔과 탄식을 충분히 맛보게 한 다음 네 차례로 하는 편이 상당히 효과적이지 않나 생각하게 되었다. 그래서 나는 그렇게 하기로 정한 것이다. 하지만 당황하지는 마라. 나는 항상 서두르지 않는다. 무엇보다도 먼저 이 편지를 읽은 네가 충분히 철저하게 괴로워하기 전에 그 다음 수단을 실행한다고 하는 것은, 너무나도 과분한 일이기 때문이다.

3월 16일 심야
복수의 화신으로부터
시즈코 님께

　이 잔인무도하고 비정한 편지의 글귀를 읽고, 나는 정말 오싹하지 않을 수 없었다. 그리고 이 정말 사람도 아닌 오에 슌데이를 미워하는 마음이 몇 배가 되는 것을 느꼈다. 그러나 내가 겁에 질려 주춤해 버리면, 저 애처롭게 풀이 죽어 버린 시즈코를 누가 위로할 것인가? 나는 억지로 태연한 체하면서, 이 협박장이 소설가의 망상에 지나지 않는 것을 되풀이하며 설득하는 것 이외에는 달리 방법이 없었다.

시즈코 "제발 선생님, 더 조용히 말씀해 주십시오."

　내가 열심히 계속 설득하는 것을 들으려고도 하지 않고, 시즈코는 무엇인가 다른 것에 정신이 팔린 듯이 가끔 가만히 한 군데를 응시하며, 귀를 기울여 듣고 있는 몸짓을 했다. 그리고 자못 누군가 엿듣기라도 하는 것처럼 소리를 낮추는 것이었다. 그녀의 입술은 창백한 안색과 구분할 수 없을 정도로 실색하고 있었다.

시즈코 "선생님, 저는 머리가 어떻게 된 것이 아닌가 생각합니다. 하지만 그런 일이 정말일까요?"

　시즈코는 정신이 돈 것은 아닌가 하고 의심되는 모습으로 속삭이는 목소리로 까닭 모르는 말을 무의식중에 입 밖에 냈다.

사무카와 "무슨 일이 있었습니까?" 나도 시즈코 말에 빠져들어 나도 모르게 그만 허풍스럽게 말을 속삭이고 있었다.

시즈코 "이 집 안에 히라타 씨가 있습니다."

사무카와 "어디에 말입니까?" 나는 그녀가 하는 말의 의미를 이해하지 못하고 멍하니 있었다.

그러자 시즈코는 결심한 듯이 일어나서, 안색이 새파래져서 손짓해서 부른다. 그것을 보자, 나도 뭔가 가슴을 두근거리며, 그녀 뒤를 따라갔다. 그녀는 도중에 내 손목시계를 알아차리고, 왠지 나에게 그것을 풀게 하고, 테이블 위에 놓으러 돌아갔다. 그러고 나서 우리는 발소리도 죽이고 짧은 복도를 통해 일본식 건물 쪽에 있는 시즈코의 거실이라고 하는 방에 들어갔는데, 거기의 맹장지를 열을 때 시즈코는 바로 그 건너편에 수상한 놈이 숨어 있기라도 하는 것처럼 공포심을 나타냈다.

사무카와 "이상하네요. 대낮에 그 남자가 댁에 잠입하다니, 뭔가 오해가 아닙니까?"

내가 그런 것을 말하기 시작하자 그녀는 흠칫 놀란 듯이 그것을 손짓으로 제지하고, 내 손을 잡고 방 한 구석으로 데리고 가서 눈을 그 위의 천장을 향해 "가만히 들어 보세요." 라는 듯한 신호를 하는 것이다.

우리는 거기에서 10분 정도 가만히 눈을 마주보며 귀를 기울이고 내내 서 있었다. 낮이었지만, 넓은 저택의 후미진 방이어서 아무 소리도 들리지 않고, 귀 안쪽에서 피가 흐르는 소리마저 들릴 정도로 쥐 죽은 듯이 조용했다.

시즈코 "시계의 쩨꺽쩨꺽 하는 소리가 안 들립니까?" 약간 시간이 지나고 나서, 시즈코는 알아들을 수 없을 정도로 나에게 물었다.

사무카와 "아니오, 시계는 어디에 있습니까?"

그러자 시즈코는 다시 아무 말을 안 하고 잠시 귀를 기울여 듣고 있었는데, 이윽고 안심했는지 "이제 안 들리네요." 라고 하고 다시 나를 손짓하여 부르고 서양관의 원래 방에 돌아오자, 그녀는 이상한 숨결로 다음과 같은 묘한 것을 이야기하기 시작했다.

그때 그녀는 거실에서 별 거 아닌 바느질을 하고 있었는데, 그때 하녀가 전에 부친 슌데이의 편지를 가지고 왔다.

이미 이때는 겉봉을 보았을 뿐인데, 한눈에 그것이라고 알게 되고, 그녀는 그것을 받자, 뭐라고 할 수 없는 불쾌한 기분이 들었지만, 그래도 열어 보지 않으면, 더 불안해서 주뼛주뼛 봉을 뜯어 읽어 보았다. 그리고 사태가 남편에게까지 이르게 된 것을 알자, 더 이상 가만히 있을 수가 없었다. 그녀는 왜라는 이유도 없이 일어나서 방구석으로 걸어갔다. 그리고 정확히 장롱 앞에 멈추어 섰을 때 머리 위에서 대단히 희미한 땅속에 사는 벌레의 울음소리인 것 같기도 한, 소리가 들려오는 것처럼 느꼈다.

시즈코 "저는 이명이 아닌지 생각했습니다만, 가만히 참고 듣고 있으니 이명과는 다른 쇠가 서로 부딪히는 것 같은 딱, 딱 하는 소리가 확실히 들려오는 것입니다."

그것은 거기의 반자널 위에 사람이 숨어 있는 것이다. 그 사람의 가슴 속에 있는 회중시계가 내는 초침 소리인 것이라고밖에 생각할 수 없었다. 우연히 그녀의 귀가 천정에 가까웠던 것과 방이 매우 조용했기 때문에, 신경이 예민해져 있던 그녀에게는 지붕 밑의 희미하고 미약한 금속의 소곤거

림이 들렸을 것이다. 만일 다른 방향에 있는 시계 소리가 광선의 반사 같은 이치로 지붕 밑에서 나는 것처럼 들린 것은 아닐까 하고, 그 주변을 빠짐없이 조사해 보았지만 근처에 시계 같은 것은 놓여 있지 않았다.

그녀는 문득 "실제로 지금 네가 이 편지를 읽고 부들부들 떨고 있는 모습도 네 그림자인 나는 어딘가의 구석으로부터 만면에 미소를 띠우며 가만히 바라다보고 있는지도 모른다."라는 편지 문구를 생각해냈다. 그러자 마침 거기의 반자널이 조금 젖히고, 틈새가 생긴 것이 그녀의 주의를 끌었다. 그 틈새 안쪽의 새까만 속에서 슌데이의 눈이 가늘게 빛나고 있는 것처럼 생각되었다.

시즈코 "거기에 계신 이는, 히라타 씨가 아닙니까?"

그때 시즈코는 갑자기 이상한 흥분에 휩싸였다. 그녀는 큰마음을 먹고 적 앞에 몸을 내던지는 듯한 기분으로 뚝뚝 눈물을 흘리면서, 지붕 밑의 인물에게 말을 걸었다.

시즈코 "전 어떻게 되어도 상관없습니다. 당신의 직성이 풀리는 대로, 어떤 일도 하겠습니다. 설령 당신에게 살해당해도, 전혀 원한으로는 생각하지 않습니다. 하지만 남편만은 살려 주세요. 저는 그 사람에게 거짓말을 했습니다. 게다가 저 때문에 그 사람이 죽는 그런 일이 생기면, 저는 너무 어쩐지 무섭습니다. 살려 주세요. 살려 주세요."

그녀는 작은 목소리이었지만, 진심을 다해 계속 상대를 설득했다. 그렇지만, 위에서는 아무런 대답도 없다. 그녀는 한때의 흥분에서 깨서, 얼이 나간 것처럼 오랫동안 거기에 내내 서 있었다. 그러나 지붕 밑에는 역시 희미하게 시계 소리가 나고 있을 뿐, 그밖에는 아무런 소리도 들리지 않는다. '음험한 짐승(음수 ; 陰獸)'은 어둠 속에서 숨을 죽이고, 벙어리처럼 입을 다물고 있는 것이다. 그 이상한 고요함에 그녀는 갑자기 공포를 느꼈다. 그녀는 느닷없이 거실을 도망쳐서, 집 안에도 더 이상 배겨 있을 수 없어서, 무슨 생각이었는지 밖으로 뛰어나가 버렸다. 그리고 문득 나를 생각해내자, 애가 탄 나머지 거기에 있던 공중전화에 들어갔다는 것이었다.

나는 시즈코의 이야기를 듣고 있는 동안에 오에 슌데이의 기분 나쁜 소설 『지붕 밑의 유희』를 생각해내지 않을 수 없었다. 만일 시즈코가 들은 시계 소리가 착각이 아니라, 거기에 슌데이가 숨어 있었다고 하면, 그는 그 소설의 착상을 그대로 실행에 옮긴 것이며, 참으로 슌데이다운 방식이라고 수긍할 수 있었다. 나는 『지붕 밑의 유희』를 읽었으니만큼 이 시즈코의 일견 엉뚱한 이야기를 일소에 붙여 버릴 수가 없었을 뿐만 아니라, 나 자신이 격렬한 공포를 느끼지 않을 수 없었다. 나는 지붕 밑의 어둠 속에서 새빨간 끝이 뾰족한 원추형의 모자와 익살꾼 풍의 옷을 걸친 뚱뚱보인 오에 슌데이가, 히쭉히쭉 웃고 있는 환각조차 느꼈다.

V

　우리는 여러 모로 의논한 끝에, 결국 내가 『지붕 밑의 유희』 속에 나오는 아마추어 탐정처럼 시즈코의 거실의 지붕 밑으로 올라가서, 거기에 사람이 있던 흔적이 있는지 어떤지 만일 있었다고 하면, 도대체 어디에서 출입한 것인가를 확인해 보게 되었다. 시즈코는 "그런 기분 나쁜 것을"라고 하며 자꾸만 말렸지만, 나는 그것을 뿌리치고, 슌데이 소설에서 배운 대로 벽장의 반자널을 떼고, 전등 일꾼처럼 그 구멍 안으로 기어들어갔다. 때마침 저택에는 아까 나를 맞이하러 나온 소녀 이외에 아무도 없었고, 그 소녀도 부엌 쪽에서 일하고 있었기에, 나는 누구한테서 책망 받을 걱정도 없었던 것이다.

　지붕 밑 같은 데는 결코 슌데이 소설처럼 아름다운 곳은 아니었다. 오래된 집은 아니었지만, 연말에 대청소를 할 때

전문으로 청소하는 사람을 시켜 반자널을 떼고 완전히 잿물로 닦아냈다고 해서, 심하게 더럽지는 않았지만, 그래도 세 달 사이에 먼지도 쌓여 있었고, 거미줄도 쳐져 있었다. 무엇보다도 아주 캄캄한 곳에서 어떻게 할 수도 없어, 나는 시즈코 집에 있던 손전등을 빌려, 고생하면서 대들보를 타고 문제의 장소에 가까이 갔다. 거기에는 반자널에 틈이 생겨 있는데 아마 잿물로 닦았기 때문에, 그렇게 널빤지가 휘었을 것이다, 아래에서 옅은 빛이 비치고 있어서, 그것이 안표가 되었다. 그러나 나는 반 간(間 ; 6척)도 나아가기 전에 펄떡거리는 그런 것을 발견했다. 나는 그래서 지붕 밑에 올라가면서도 실은 설마? 설마? 하고 있었지만, 시즈코의 상상은 결코 틀린 것이 아니었던 것이다. 거기에는 대들보 위에도 반자널 위에도 확실히 최근 사람이 들어간 것 같은 흔적이 남아 있었다. 나는 오싹하고 오한을 느꼈다. 소설을 알고 있을 뿐, 아직 만난 적이 없는 독거미 같은 그 오에 슌데이가 나와 같은 모양으로 그 지붕 밑을 기어 다닌 것인가 생각하자, 나는 일종의 뭐라고 말할 수 없는 전율에 사로잡혔다. 나는 굳어져서, 대들보의 먼지 위에 남은 손인지 발인지의 흔적을 쫓아갔다. 시계소리가 났다고 하는 곳은 아니나 다를까 먼지가 몹시 어지럽혀 있어, 거기에 오랫동안 사람이 있던 흔적이 있었다.

나는 이미 정신없이 슌데이라고 생각되는 인물의 뒤를 쫓기 시작했다. 그는 거의 집 전체의 지붕 밑을 걸어 다닌 것 같고 끝없이 가도, 대들보 위의 먼지 흔적은 끝나지 않았다. 그리고 시즈코의 거실과 시즈코 등의 침실 천장에 널빤지가 빈 곳이 있어, 그 곳만 먼지가 더 흐트러져 있었다.

나는 지붕 밑의 유희자(遊戱者)8)를 흉내 내서, 거기에서 아랫방을 엿보았는데, 슌데이가 그것에 도취된 것도 결코 무리는 아니었다. 지붕 밑 틈에서 본 「하계(下界 ; 인간 세상)」의 광경의 불가사의는 참으로 상상 이상이었다. 특히나 마치 내 눈 아래에 고개를 숙이고 있던 시즈코의 모습을 바라다보았을 때에는 인간이라는 것이 눈의 각도에 따라서는 이렇게도 기이하게 보이는 것일까 놀랐을 정도였다. 우리들은 항상 옆쪽에서 보이는 것에 늘 익숙해져 있기 때문에, 아무리 자기 모습을 의식하고 있는 사람도 바로 위에서 본 모양까지는 생각하고 있지 않는다. 거기에는 상당한 간극이

---

8) 유희자(遊戱者) : 즐겁게 놀며 장난치는 사람이나 어떠한 일을 즐기는 사람.

있을 것이다. 간극이 있으니만큼 전혀 가꾸지 않는 본바탕 그대로의 인간이 약간 볼품없이 폭로되어 있는 것이다. 시 즈코의 윤기 있는 마루마게(丸髷 ; 둥글게 틀어 올린 머리) 에는, (바로 위에서 본 마루마게라는 것의 형태에서 보아, 이미 이상했지만) 앞머리와 틀어 올린 머리 사이의 움푹 팬 곳에 엷었지만 먼지가 쌓이고, 다른 멋진 부분과는 비교가 안 될 정도로 더러워져 있었고, 틀어 올린 머리에 이어지는 목덜미 안쪽에는 기모노의 옷깃과 등이 만드는 골짜기 아래 를 바로 위에서 엿보기 때문에, 등줄기의 움푹 팬 곳까지 보 이고 그리고 그 끈적끈적하고 새파란 피부 위에는 바로 그 색이 지나치게 칙칙한 부르틈이 죽 안쪽의 어두워져 보이지 않는 곳까지도 탁하게 이어져 있는 것이다. 위에서 본 시즈 코는 다소 고상함을 상실한 모습이었지만, 그 대신 그녀가 지닌 일종의 불가사의한 외설적인 모습이 한층 진하게 내게 다가오는 것을 느꼈다.

그러나 저러나, 나는 무엇인가 오에 슌데이를 입증할 만 한 것이 남아 있지 않을까 하고 손전등 빛을 가까이해서 대 들보나 지붕 밑 위를 조사하며 돌아다녔는데, 손자국이나 발자국도 모두 애매하고 물론 지문 등은 식별되지 않았다.

슌데이는 필시 『지붕 밑의 유희』를 그대로 버선이나 장갑의 준비도 잊지 않았을 것이다. 다만 하나 정확히 시즈코의 거실 위의 대들보에서 천장을 매단 버팀목의 밑의 조금 눈이 띄지 않는 곳에 작은 쥐색의 둥글한 것이 떨어져 있었다. 무광택의 금속으로 속이 텅 빈 공기 모양을 한 단추 같은 것으로 표면에 R·K·BROS·CO이라는 글자가 부조되어 있었다. 그것을 주웠을 때, 나는 바로 『지붕 밑의 유희』에 나오는 셔츠 단추를 생각해냈지만, 그러나 그 물건은 단추치고는 조금 이상했다. 모자 장식이나 뭔가가 아닌가 하고도 생각했지만, 확실한 것은 알 수 없다. 나중에 시즈코에게 보여주어도, 그녀도 고개를 갸웃거릴 뿐이었다.

물론 나는 슌데이가 어디를 통해 지붕 밑으로 몰래 들어왔는가 하는 점도 면밀히 조사해 보았다. 먼지가 흐트러진 흔적을 뒤좇아 갔더니, 그것은 현관 옆의 헛간 위에서 멈추어져 있었다. 헛간의 조잡한 반자널은 들어 올려 보았더니, 그냥 떨어졌다. 나는 거기에 집어넣어져 있는 의자의 부러진 것을 발판으로 삼아 아래로 내려와서, 내부에서 헛간 문을 열어 보았는데, 그 문에는 자물쇠가 없어서, 쉽게 열렸다. 그 바로 밖에는 사람 키보다는 조금 높은 콘크리트 담이

있었다. 아마 오에 슌데이는 사람의 왕래가 적어진 때를 적
당히 노리고, 이 담을 타고 넘어 (담 위에는 앞에서도 말한
바와 같이 유리 파편이 박혀 있었지만, 계획적인 침입자에
게는 그런 것은 문제가 아닐 것이다.) 지금의 자물쇠가 없는
헛간에서 지붕 밑으로 숨어들어온 것일 것이다.

이렇게 상대의 술수를 완전히 알게 되자, 나는 약간 다소
맥이 빠진 생각이 들었다. 불량소년(不良少年)9)이나 할 법
한 어린이 같은 장난이 아닌가 하고 상대를 경멸해 주고 싶
은 생각이었다. 묘한 정체를 모르는 공포가 사라지고, 그 대
신 현실적인 불쾌감만이 남았다. (그러나 그런 식으로 상대
를 경멸해 버린 것이 당치도 않은 잘못인 것을 나중에 알았
다.) 시즈코는 몹시 무서워하며, 남편의 몸과는 바꿀 수 없
으니까, 그녀의 비밀을 희생해서라도 경찰에게 수고를 끼치
지 않는 편이 좋지 않을까 하는 말을 꺼냈지만, 나는 상대를
경멸하기 시작했기 때문에 그녀를 제지하고, 설마 『지붕 밑
의 유희』에 있는 천장에서 독약을 흘리는 듯한 허황된 흉내

---

9) 불량소년(不良少年) : 불량소년 즉 불량 행위 소년은, 비행소년(非行
少年)에는 해당되지 않지만, 음주, 흡연, 심야 배회 등, 자기 또는 타
인의 덕성을 해치는 행위를 하는 소년을 의미한다.

를 할 수 있을 리가 만무하고, 지붕 밑으로 잠입했다고 해
도, 사람을 죽일 수는 없다. 이런 사람을 두려워하게 만드는
것은 자못 오에 슌데이다운 치기(稚気)로 이렇게 마치 무엇
인가 범죄를 꾸미고 있는 것처럼 그럴싸하게 보이게 하는
것이 그의 수법이 아닌가. 고작해야 소설가인 그에게 더 이
상의 실행력이 있을 것이라고는 생각되지 않는다. 라는 식
으로 그녀를 위로한 것이다. 그리고 너무나도 시즈코가 무
서워하기 때문에 잠시 안심시키기 위해 그런 것을 좋아하는
내 친구에게 와 달라고 부탁해서, 매일 밤 헛간 주변의 담
밖을 망보게 하는 것을 약속했다. 시즈코는 마침 서양관 이
층에 손님 용 침실이 있는 것을 다행이라 여기고, 무슨 구실
을 만들어 당분간 그녀들 부부 침실을 거기로 옮기기로 하
겠다고 했다. 서양관이면 천장의 틈새 같은 것은 생기지 않
으니까.

그리고 이 두 가지 방어책은 그 이튿날부터 시행되는 것
이었는데, 그러나 "음험한 짐승(음수 ; 陰獣)" 오에 슌데이의
가공할 마수는 그와 같은 고식적인 수단을 무시하고, 그러
고 나서 이틀 후인 3월 19일 심야, 그의 예고를 엄수하여 드
디어 첫 번째 희생자를 도륙한 것이다. 오야마다 로쿠로 씨

의 숨통을 끊은 것이다.

VI

 순데이의 편지에는 로쿠로(六郞) 씨 살해 예고에 덧붙여서, "하지만 당황하지는 마라. 나는 항상 서두르지 않는다."라는 문구가 있었다. 그럼에도 불구하고, 그는 어째서 그렇게 당황하며, 단 이틀밖에 시간 간격을 두지 않고, 끔찍스런 행위를 저지르게 된 것일까? 그것은 어쩌면 일부러 편지로는 상대방을 방심하게 만들어 놓고, 예상 밖의 행동을 하는 일종의 책략이었는지도 모르지만, 나는 문득 더욱 다른 이유가 있었던 것이 아닌가 하고 의심했다. 시즈코가 시계소리를 듣고, 지붕 밑에 순데이가 숨어 있다고 믿고, 눈물을 흘리고, 로쿠로 씨의 구명을 했다는 것을 들었을 때, 이미 나는 그것을 우려한 것인데 순데이는 이 시즈코의 순정을 알게 되자, 한층 격렬한 질투를 느끼고, 동시에 신변의 위험도 눈치 챘음에 틀림없다. 그래서 "좋다, 그렇게 네가 사랑하는 남편이라면 오래 기다리게 하지 않고, 당장 해치워 줄게."라는 기분이 된 것이다. 그러나 저러나, 오야마다 로쿠로 씨의 변사 사건은 극히 이상한 상태에서 발견된 것이다.

나는 시즈코에게서 온 연락을 받고, 그 날 저녁 무렵, 오야마다 집으로 달려가서, 처음으로 모든 사정을 들어서 알았지만, 로쿠로 씨는 그 전날 특별히 달라진 모습도 없고, 여느 때보다는 조금 일찍 회사에서 집으로 돌아와서, 저녁 반주를 마치자, 가와무코(川向)의 고우메 친구 집으로 바둑을 두러 간다고 말하고, 밤이 따뜻해서 오시마(大島) 겹옷에 시오제(鹽瀨) 하오리(羽織 ; 일본옷의 위에 입는 짧은 겉옷)만 걸치고, 외투는 입지 않고 훌쩍 나갔다. 그것이 오후 7시경의 일이다. 먼 곳도 아니어서, 그는 여느 때와 마찬가지로 산책할 겸, 아즈마바시(吾妻橋)를 우회해서 무코지마(向島)의 둑을 걸어갔다. 그리고 고우메 친구 집에 12쯤까지 있다가 역시 도보로 거기를 나왔다고 하는 곳까지는 확실히 알고 있었다. 하지만, 거기부터 앞이 일절 불명인 것이다.

하룻밤 밤새도록 기다려도, 귀가가 늦어서 게다가 그것이 때마침 오에 순데이로부터 무서운 예고를 받았던 때인지라, 시즈코는 대단히 마음이 아파서, 아침이 되는 것을 차마 기다리지 못하고, 알고 있는 범위에서 짚이는 데에 전화를 하거나 심부름을 보내 문의했지만, 어디에도 들른 흔적이 없다. 그녀는 물론 나한테도 전화를 걸었지만, 마침 그 전날 밤부터 나는 숙소를 비우고 있어, 간신히 저녁 무렵에 돌아 왔기 때문에, 이 소동은 전혀 알지 못했다. 이윽고 평소 출근 시각이 되어도, 로쿠로 씨는 회사에도 얼굴을 나비치지 않는다. 회사 쪽에서도 여러 모로 온갖 수단을 다하여 찾아 보았지만, 아무리 해도 행방을 알 수 없다. 그런 일을 하고 있는 사이에 벌써 한낮 가까이 되고 말았다. 그때 마침 기사 카타(象潟) 경찰로부터 전화를 걸어, 로쿠로 씨의 변사를 알 려왔던 것이다.

아즈마바시(吾妻橋) 니시즈메(西詰), 가미나리몬(雷門)의 전차 정류장을 조금 북쪽으로 가서, 제방을 내려간 곳에 아 즈마바시(吾妻橋) 센주오하시(千住大橋) 사이를 왕복하는 합승기선(乘合汽船)의 선착장이가 있다. 잇센조키(一錢蒸 汽)[10]라고 한 시대부터의 스미다가와의 명물로 나는 자주

---

10) 잇센조키(一錢蒸汽) : 메이지(明治)부터 제2차 세계대전 전까지, 도 쿄의 스미다가와(隅田川)를 운항한 소형 객선.

볼일도 없는데, 그 발동기선을 타고, 고토토이(言問)라든가 시라히게(白鬚)라든가에 왕복해 보는 경우가 있었다. 기선(汽船) 상인들이 그림책이나 장난감 등을 배 안에 가지고 들고 와서, 스크루 소리에 맞추어, 활동사진 변사 같은 쉰 목소리로 상품의 설명을 하거나 한다. 그 시골스럽고 예스러운 맛이 참을 수 없이 마음에 들기 때문이다. 그 기선 선착장은 스미다가와의 물 위에 떠 있는, 네모진 배 같은 모양의 것으로 기다리는 사람의 벤치도 손님 용 화장실도 모두 그 둥둥 움직이는 배 위에 설치되어 있다. 나는 그 변소에도 들어간 적이 있어 알고 있지만, 변소이라고 해도 부인용의 단 하나뿐인 나무 바닥이 직사각형으로 잘라져 있어, 그 아래를 바로 한 자 정도 되는 곳을 큰 강의 물이 찰바당찰바당 흐르고 있다. 마치 기차나 배의 변소와 같아 불결한 것이 쌓이지 않고, 깨끗하다고 하면 깨끗하지만, 그 직사각형으로 잘라진 구멍을 통해 가만히 아래를 보고 있으면, 가량도 할 수 없는 검푸른 물이 괴어 있어, 가끔 쓰레기 등이 현미경 속의 미생물처럼 구멍 가장자리에서 나타나서 느릿느릿 다른 가장자리로 사라져 간다. 그것이 이상하게 어쩐지 기분 나쁜 느낌을 준다.

3월 20일 아침 8시경에 아사쿠사(浅草) 상점가에 있는, 상점의 젊은 여주인이 센주(千住)에 납품하러 가기 위해 아즈마바시의 기선 선착장에 와서, 배를 기다리고 있는 사이에 지금의 변소에 들어갔다. 그리고 들어갔는가 싶더니 갑자기 꺅하고 비명을 지르고 뛰쳐나왔다. 검표하는 할아버지가 들어보니, 변소의 직사각형 구멍 바로 아래에 파란 물속에서 남자 한 사람의 얼굴이 그녀 쪽을 올려다보고 있었다고 하는 것이다. 검표하는 할아버지는 처음에는 선원이나 무엇인가의 장난이라고 생각했는데, (그런 물속의 데바카메 (歯亀) 사건[11]은 가끔 없지도 않았기 때문에) 여하튼 변소에 들어가 조사해 보니, 역시 구멍 아래 한 자 정도 아주 가까운 곳에 두둥실 사람 얼굴이 떠 있고, 물의 움직임에 따라 얼굴이 절반 숨는가 싶더니, 다시 쑥 나타난다. 마치 태엽이 장치된 장난감처럼 무섭기 짝이 없었다고 나중이 되어 할아버지가 이야기했다.

---

11) 데바카메(歯亀) 사건 : 메이지(明治 40년, 1908년), 여탕을 훔쳐보는 것의 상습자로 뻐드렁니가 난, 정원사 이케다 가메타로(池田亀太郎)라는 남자가, 도쿄 오쿠보(大久保)에서 성적 살인 사건을 일으킨 데에서 여탕을 훔쳐보는 등의 변태적인 행위를 하는 남자, 그리고 여기에서 전화하여 호색적인 남자의 멸칭(蔑称).

그것이 사람의 시신이라고 알자, 할아버지는 갑자기 당황하기 시작해서, 큰 소리로 선착장에 있던 젊은 사람을 불렀다. 배를 기다리고 있던 손님 중에도 멋있고 호협하며 결기 있는 생선 가게 사람 등이 있어 젊은 사람과 힘을 합쳐 시신을 인양하려고 했지만, 변소 안으로부터는 도저히 끌어올릴 수가 없어서 바깥쪽에서 장대로 시신을 넓은 물 위까지 밀어냈더니, 묘하게도 시신은 팬츠 하나뿐으로 알몸인 것이다. 40 전후의 멋진 풍채로 설마 이런 날씨에 스미다가와에서 수영하고 있다고도 생각되지 않아서, 이상하다고 생각해서 더 자세히 보자, 아무래도 등에 칼에 찔린 상처가 있는 것 같고 익사자치고는 물도 머금고 있지 않은 상태인 것이다. 단순한 익사자가 아니라 살인사건이라는 것을 알자, 소동은 한층 커졌지만, 막상 물에서 끌어올릴 때가 되자, 또 하나 기묘한 일이 발견되었다.

기별을 받고 급히 달려온 하나카와도(花川戸) 파출소의 순사의 지시로 선착장의 젊은 사람이 텁수룩한 시신의 머리카락을 잡아 끌어올리려고 하자, 그 머리카락이 머리 살갗에서 주르르 벗어져 떨어졌다. 젊은 사람은 너무나도 징그러워서, 으악 하고 소리를 지르고 손을 놓고 말았는데, 물속으로 투신자살하고 나서 그리 시간이 지나지 않은 것 같았는데 머리카락이 주르르 벗겨지는 것은 이상하다고 생각하고, 잘 조사해 보니, 이게 어찌된 일인가 머리카락이라고 생각한 것은 가발이고 당사자의 머리는 번들번들하게 머리가 홀떡 벗어져 있던 것이다.

이것은 시즈코의 남편이며 로쿠루쿠상회의 중역인 오야마다 로쿠로 씨의 비참한 죽은 모습이었다. 즉 로쿠로 씨의 시신은 벌거숭이가 되고 나서, 대머리에 더부룩한 가발까지 씌워지고, 아즈마바시 아래로 던져져 있던 것이다. 게다가 시신이 물속에서 발견되었음에도 불구하고, 물을 먹은 흔적은 없고 치명상은 등의 왼쪽 폐 부분에 입은 예리한 칼에 찔린 상처였다. 치명상 이외에 등에 몇 군데 깊지 않은 찔린 상처가 있던 데를 보니, 범인은 몇 번이나 실패해서 찌른 것임에 틀림없었다. 경찰의(警察医)12)의 검진에 의하면, 그 치명상을 입은 시간은 전날 밤 1시경일 것이라고 했는데 여하튼 시신에는 옷도 소지품도 없어서, 어디의 누군지도 모르

---

12) 경찰의(警察医) : 경찰의 수사에 협력하는 의사로, 주로 검안으로 사인 불명의 시신을 조사해서 사인을 의학적으로 판단하는 업무를 행한다.

고, 경찰도 어찌 할 바도 몰랐을 때, 다행히 낮 무렵에 되어, 오야마다 씨를 잘 알고 있는 사람이 나타나서, 즉시 오야마다 저택과 로쿠로쿠상회에 전화를 걸었다고 했다.

저녁 무렵 내가 오야마다 집을 찾아갔을 때에는 로쿠로 씨 쪽의 친척 사람들이랑 로쿠로쿠상회의 사원, 고인의 친구들이 몰려들고 있어, 집 안은 몹시 혼잡했다. 그때 마침 조금 전에 경찰로부터 막 돌아왔다고 하며, 시즈코는 그들 조문객들에게 둘러싸여, 멍하니 있는 것이다. 로쿠로 씨의 시신은 사정에 따라서는 부검해야 한다고 해서, 아직 경찰로부터 돌려받지 못하고, 불단 앞의 흰 천으로 덥힌 대에는 급히 만든 위패만 놓여 있고, 그것에 장엄한 향화(香華)가 바쳐져 있었다.

나는 거기에서 시즈코랑 회사 사람들로부터 위에서 서술한 시신 발견의 전말을 들은 것인데, 나는 슌데이를 경멸하고, 2, 3일 전에 시즈코가 경찰에 신고하려고 한 것을 말린 탓으로, 이런 불상사를 야기했는가 생각하니, 부끄러움과 후회로 그 자리에 더 이상 있을 수 없는 생각이 들었다. 나는 하수인은 오에 슌데이 밖에 없다고 생각했다. 슌데이는 틀림없이 로쿠로 씨가 고우메(小梅)의 바둑 친구 집을 떠나,

돌아오는 길에 아즈마바시를 지나갔을 때 그를 기선 선착장의 어두운 곳으로 데리고 들어가서, 거기에서 끔찍한 범행을 저지르고 시신을 강 중앙에 투기한 것에 틀림없다. 시간의 점에서 보면 슌데이가 아사쿠사 부근에 배회하고 있었다고 하는 혼다의 말에서 추측해도, 아니 실제로 그는 로쿠로 씨의 살해를 예고까지 했기 때문에, 하수인이 슌데이인 것에 의심할 여지가 없는 것이다. 하지만 그렇다고 하더라도 로쿠로 씨는 왜 알몸으로 되어 있었는가, 또 이상한 가발 등을 쓰고 있었던가, 만일 그것도 슌데이의 짓이었다고 하면, 그는 왜 그와 같은 터무니없는 흉내를 해야만 했는가. 정말 불가사의하다고 말할 수밖에 없었다.

나는 기회를 보아, 시즈코와 나만이 알고 있는 비밀에 관해 의논하기 위해 "잠깐"이라고 말하고, 그녀에게 별실로 와 달라고 했다. 시즈코는 그것을 기다리고 있던 것처럼 좌중의 사람들에게 가볍게 인사하고, 서둘러 내 뒤를 따라왔지만, 남의 눈이 보이지 않게 되자, "선생님"이라고 작은 소리로 부르고, 갑자기 내게 매달리며, 가만히 내 가슴 주변을 응시하고 있던가 싶더니 긴 속눈썹이 강렬히 빛나고 눈꺼풀 사이가 부풀어 올랐다고 잠깐 보는 사이에 그것이 이윽고 커다란 물방울이 되어, 창백한 볼 위를 주르르, 주르르 하며, 흐르는 것이다. 눈물은 계속해서, 부풀어 올라서, 끝없이 흐르는 것이다.

사무카와 "나는 당신에게 뭐라고 하며 사과를 해야 좋을지 모르겠다. 완전히 내 방심에서 생긴 일입니다. 그 녀석에게 이런 실행력이 있으리라고는, 정말 생각해 본 적도 없었다. 내가 잘못했습니다. 내가 잘못했습니다…."

그만 나도 모르게 감상적이 되어 슬픔에 잠겨 마냥 우는 시즈코의 손을 잡고, 격려하는 듯이 그것을 꽉 쥐면서 반복하고 반복해서 사과의 말을 했다. (내가 시즈코의 육체를 만진 것은 그 때가 처음이었다. 그럴 때이었지만, 나는 그 창백하고 연약하면서도 속에서는 불도 타고 있는 것이 아닌가 생각되는 뜨겁고 탄력이 있는 그녀 손끝의 이상한 감촉을 확실히 의식하고, 오래오래 기억하고 있다.)

사무카와 "그런데 당신은 그 협박장에 관해 경찰에서 말씀하셨습니까?"

간신히 시간이 지나고 나서, 나는 시즈코가 울음을 그치는 것을 기다리고 말했다. 시즈코 "아니오, 전 어떻게 해야 좋을지 몰라서요."

사무카와 "아직 말하지 않았군요."

시즈코 "네, 선생님께 의논을 드리려고 생각해서."

　나중에 생각하면 이상하지만, 나는 그때도 아직 시즈코의 손을 쥐고 있었다. 시즈코도 손을 내게 쥐게 한 채 내게 매달리는 것처럼 서 있었다.

사무카와 "당신도 물론 그 남자의 소행이라고 생각하고 있지요?"

시즈코 "네, 게다가 어젯밤 이상한 일이 있었어요."

사무카와 "이상한 일이라는 것은?"

시즈코 "선생님께서 충고하신 대로 침실을 서양관의 이층으로 옮겼잖아요? 이것으로 이제 남이 훔쳐보는 걱정은 없다고 안심하고 있었는데, 역시 그 사람, 엿보고 있었던 것 같아요."

사무카와 "어디로부터입니까?"

시즈코 "유리창 밖에서요." 그리고 시즈코는 그때의 무서웠던 것을 생각해낸 듯이 눈을 크게 뜨고, 띄엄띄엄 이야기하는 것이었다. "어젯밤은 12시경에 침대에 들어가기는 들어갔습니다만, 남편이 돌아오지 않아서, 몹시 걱정이 되고, 게다가 천장이 높은 양실에 혼자

서 잠자는 것이 무서워져서, 묘하게 방 구석구석이 내려다보이는 것입니다. 창의 블라인드가 하나만 완전히 내려오지 않고, 한 자 정도 아래가 열려 있어, 거기에서 새까만 밖이 보이고 있는 것이 정말 무서워서, 무섭다고 생각하면, 공연히 그 쪽으로 눈이 가서, 끝내는 거기 유리 건너편에 멍하니 사람의 얼굴이 보이기 시작하는 것이 아닙니까?"

사무카와 "환영은 아니었습니까?"

시즈코 "약간 동안 금방 사라져 버렸습니다만, 지금도 저는 잘못 본 것이나 뭔가는 아니라고 생각하고 있어요. 텁수룩한 머리카락을 유리에 딱 들러붙게 하고, 엎드린 것 같은 기색을 하고, 눈을 치뜨고서 죽 제 쪽을 노려보고 있던 것이 아직도 보이는 것 같아요."

사무카와 "히라타이었습니까?"

시즈코 "네, 하지만 달리 그런 흉내를 내는 사람 등이 있을 리 없는걸요."

우리는 그때 이런 식의 대화를 나누고 나서, 로쿠로 씨의 살인범이 오에 슌데이의 히라타 이치로임에 틀림없다는 것, 그가 이 다음에는 시즈코도 살해하려고 기도하고 있는 것

을, 시즈코와 내가 동행해서 경찰에 신고하고, 보호를 요청
하는 것으로 이야기를 정했다.

　이 사건의 담당 검사는 이토자키(糸崎)라는 법학사(法学
士)로 다행히도 우리 탐정작가나 의학자나 법률가 등이 만
들고 있는 엽기회(猟奇会)의 회원이었기 때문에 내가 시즈
코와 함께 소위 수사본부인 기사카타(象潟) 경찰에 출두하
자, 검사와 피해자 가족이라는 짐짓 점잔 빼는 관계가 아니
라 친구를 만나는 것처럼 친절하게 우리 이야기를 청취해
주었다. 그도 이 이상한 사건에는 상당히 놀란 모습을 하고,
또 매우 흥미롭게 느낀 것 같았는데, 여하튼 전력을 다해 오
에 슌데이의 행방을 찾게 할 것, 오야마다 집에는 특별히 형
사를 잠복시키고, 순사의 순회 횟수를 늘려서, 충분히 시즈
코를 보호하겠다는 약속을 해 주었다. 오에 슌데이의 인상
에 관해서는 세상에 유포되어 있는 사진은 별로 닮지 않았
다는 내 충고에서 하쿠분칸(博文館)의 혼다(本田)를 불러 자
세히 그가 알고 있는 용모를 청취했던 것이다.

Ⅶ

그러고 나서 약 1개월 동안 경찰은 전력을 다해 오에 슌데이를 수색하고 있었고 나도 혼다에게 부탁하거나, 그 밖의 신문기자 잡지기자 등 만나는 사람마다 슌데이의 행방에 관해 뭔가 실마리가 될 만한 사실을 캐물어 알아내려고 진력했음에도 불구하고, 슌데이는 어떤 마법을 체득하고 있던 것일까, 그 행방이 묘연했다. 그 혼자라면 여하튼간에 거치적거리는 아내와 두 사람이 동행해서, 그는 어디에 어떻게 숨고 있었던 것일까? 그는 과연 이토자키 검사가 상상한 것처럼 밀항을 꾀해 멀리 해외로 도망쳐 버린 것일까?

그렇다고 하더라도 이상한 것은 로쿠로 씨 변사 이후, 바로 그 협박장이 뚝 오지 않게 된 것이었다. 슌데이는 경찰 수색이 무서워져서, 바로 그 목적이었던 시즈코의 살해를 단념하고, 그저 몸을 숨기는 것에 급급하고 있던 것일까? 아

니, 아니, 그와 같은 남자가 그 정도의 것을 미리 몰랐을 리
는 없다. 그렇다면 그는 지금도 여전히 도쿄의 어딘가에 잠
복하고 있으면서, 가만히 시즈코 살해의 기회를 엿보고 있
는 것이 아닐까?

기사카타(象潟) 경찰서장은 부하 형사에게 명해서 예전
에 내가 했던 것처럼 슌데이의 주거였던 우에노(上野) 사쿠
라기초(桜木町) 32번지 부근을 조사시켰지만, 과연 전문가
인 그 형사는 고심한 끝에 슌데이의 이삿짐을 운반한 운송
가게를 발견하여(그것은 같은 우에노라고 해도, 훨씬 떨어
진 구로몬초(黒門町) 부근에 있는 작은 운송가게이었지만,)
계속해서 그가 이사한 곳을 쫓아갔다. 그 결과 알게 된 바에
의하면, 슌데이는 사쿠라기초를 걷어치우고 나서, 혼조쿠
(本所区) 야나기시마초(柳島町), 무코지마(向島) 스사키초
(須崎町)와, 점점 질이 떨어지는 곳으로 옮겨 가서, 마지막
의 스사키초 등은 바라크(barrack)[13]와 다름없는 공장과 공
장 사이에 낀 지저분한 독채의 셋집이었는데, 그는 거기를
수개월의 미리 월세를 내고 빌리고는, 형사가 갔을 때에도
집주인에게는 아직 그가 살고 있는 것으로 되어 있었지만,

---

13) 바라크(barrack) : 가건물.

집 안을 조사해보니, 살림 도구도 하나도 없고, 먼지투성이로 언제부터 빈집으로 되었는지 알 수 없을 정도로 몹시 황폐해져 있었다. 근처에서 물어서 확인해도, 옆은 전부 공장이어서 관찰하는 것을 좋아하는 아주머니 같은 사람도 없고, 전혀 요령부득이었다.

하쿠분칸의 혼다는 혼다대로, 그는 점점 상황을 알게 되자, 천성이 이런 것을 좋아하는 남자인지라 무척 마음이 내켜서, 아사쿠사 공원에서 한 번 슌데이를 만난 것을 근거로 하여, 원고를 받는 일 사이사이, 열심히 탐정을 흉내 내는 일을 시작했다. 그는 우선 이전에 슌데이가 광고 전단을 배포했던 일에서 아사쿠사 부근의 광고 가게를 두세 군데 돌아다니며, 슌데이 같은 남자를 고용한 가게는 없는가 하고 조사해 보았지만, 난처하게도 이들 광고가게에서는 바쁠 때에는 아사쿠사 공원 부근의 부랑자를 임시로 고용하여, 의상을 입히고, 하루만 쓰는 그런 경우도 있어, 인상을 물어도 생각해내지 못하는 점을 보면, 당신이 찾고 계시는 사람도 틀림없이 그 부랑자의 한 사람이겠지요?라는 것이었다.

그래서 혼다는 이번에는 심야의 아사쿠사 공원을 헤매

며, 어두운 나무 그늘의 벤치 등을 하나하나 들여다보며 돌
아다니거나, 부랑인이 묵을 만한 혼조(本所) 주변의 싸구려
여인숙에 일부러 머무르며, 그곳의 숙박인들과 친분을 맺
고, 혹시 슌데이 같은 남자를 보지 못했냐고 물어보고 다녀
보거나, 그것은 정말 고생을 한 것인데 아무리 시간이 지나
도 약간의 단서조차 잡지 못했다.

혼다는 일주일에 한 번 정도는 내 숙소에 들려서, 그의
고심담을 이야기하고 가는 것이었는데, 언젠가 바로 그 대
흑천(大黒天) 같은 얼굴을 히쭉히쭉 웃으며, 이런 이야기를
한 것이다.

혼다 "사무카와 씨, 저는 요전에 문득 구경거리라는 것이 생
각났습니다. 그리고 말이지, 멋진 것을 생각해냈어
요. 요즘 '거미 여자'라든가 '목만 있고 몸통이 없는
여자'라든가 하는 구경거리가 여기저기에서 유행하
고 있는 것을 알고 있지요? 그것과 유사한 것으로 목
이 아니라 반대로 '몸통만 있는 인간'이라는 구경거
리가 있어요. 옆으로 긴 상자가 있고, 그것이 세 개
로 칸막이되어 있고, 두 개의 칸막이 속에 대개는 여
자입니다만, 몸통과 다리가 누워 있습니다. 그리고

몸통 위에 해당하는 칸막이 한 개는 텅 비고 넓고, 거기에 목에서 위가 보이지 않으면 안 되는데, 그것이 전혀 없습니다. 즉 여자 목이 없는 시신이 긴 상자 속에 길게 누워 있고, 게다가 그것이 살아 있는 증거로는 때때로 손발을 움직이는 것입니다. 무척 기분이 나쁘고, 게다가 에로틱한 상품이에요. 술수는 바로 그 거울을 비스듬하게 놓고, 그 뒤를 텅 비고 넓은 것처럼 꾸미는 유치한 것이지만. 그러나 저는 언젠가 우시고메(牛込)의 에도가와바시(江戸川橋) 말이지요. 그 다리를 고코쿠지(護国寺) 쪽으로 건넌 곳의 모퉁이 빈터에서 그 목이 없는 구경거리를 보았습니다만, 그곳의 몸통만 있는 인간은 다른 구경거리 같은 여자가 아니라 때로 검고 윤이 나게 빛나는 익살꾼의 복장을 입은 살이 많이 찐 남자이었던 것입니다."

혼다는 여기까지 이야기하고, 의미 있는 듯한 이상한 말을 하는 태도로 조금 긴장한 얼굴을 하고 잠시 입을 다물었지만 내가 호기심을 불러일으킨 것을 확인하자 다시 이야기하기 시작하는 것이었다.

혼다 "제 생각을 알겠지요? 나는 이렇게 생각했습니다. 남자 한 사람이 많은 사람들에게 몸을 여러 사람의 눈에 띄게 하면서, 게다가 철저하게 행방을 감추는 한 가지 방법으로서 이 구경거리의 '목이 없는 남자'로 고용된다는 것은 정말 멋진 묘안이 아닐까요? 그는 안표가 되는 목에서 위를 감추고, 하루 종일 누워 있으면 되는 것입니다. 이것은 자못 오에 슌데이가 생각해낼 만한 도깨비 같은 행방을 감추는 방법이 아닐까요? 특히 슌데이는 이런 구경거리의 소설을 자주 썼고, 이런 부류의 것은 매우 좋아하니까요."

사무카와 "그래서?" 나는 혼다가 실제로 슌데이를 발견한 것치고는 너무 지나치게 침착한 태도라고 생각하면서도, 그 다음 말을 재촉했다.

혼다 "그래서 저는 곧 바로 에도가와바시에 가보았습니다만, 다행히 그 구경거리는 아직 있었습니다. 저는 입장료를 내고 안에 들어가서, 바로 그 살찐 목이 없는 남자 앞에 서서, 어떻게 하면 이 남자의 얼굴을 볼수 있을까 여러 모로 생각해보았습니다. 그래서 생각한 것은 이 남자도 하루에 몇 번은 변소에 가지 않으면 안 될 것이라고 하는 것이었습니다. 저는 그 녀석이 변소에 가는 것을 느긋하게 만반의 준비를 하고 기다리고 있었습니다. 잠시 후 많지도 않은 구경꾼이 모두 다 나가고 나 혼자 남았다. 그래도 참고서 있었더니. 목이 없는 남자가 딱딱 손뼉을 쳤습니다. 이상하다고 생각하고 있자, 설명을 하던 남자가 나한테 다가와서, 잠깐 쉴 테니, 밖으로 나가 달라고 부탁하는 것입니다. 그래서 저는 바로 이것이라고 알아차리고, 밖으로 나간 다음 슬쩍 천막을 친 것의 뒤로 돌아, 천의 찢어진 데를 통해 안을 들여다보고 있자, 목이 없는 남자는 설명하는 사람의 도움을 받아 상자로부터 밖으로 나와서, 물론 목은 있었습니다만, 관람석의 봉당 구석으로 달려가서, 좔좔 오줌을 누기 시작했습니다. 아까의 손뼉을 친 것은 가소롭지 않습니까? 소변의 신호였던 거에요. 아하하 …."

사무카와 "만담인가? 사람을 바보 취급하고 있네."

내가 다소 화를 내자 혼다는 진지한 얼굴이 되어,

혼다 "아니. 그것은 정말 사람을 잘못봤지만, … 고심담이에요. 제가 슌데이를 찾는 데 얼마나 고심하고 있는지

한 가지 예를 말씀 드린 것입니다."

이것은 여담이지만, 우리들의 슌데이 수색은 뭐 이런 식으로 아무리 시간이 지나도, 전혀 서광이 보이지 않는 것이었다.

그러나 단 한 가지만 이것이 사건 해결의 열쇠가 아닐까 생각되는 이상한 사실을 알게 된 것을 여기에 덧붙여 써 두어야 할 것이다. 그 이유는 나는 로쿠로 씨의 시신이 쓰고 있던 바로 그 가발에 착안해서, 그 출처가 아무래도 아사쿠사 부근인 것처럼 생각되었기 때문에 그 주변의 가발을 만드는 사람을 찾아 돌아다닌 결과, 센조쿠초(千束町)의 마쓰이(松居)라는 가발가게에서 결국 그것 같은 것을 찾아낸 것인데, 그러나 그곳 주인의 말에 의하면 가발 그 자체는 시신이 쓰고 있는 것과 완전히 꼭 들어맞지만, 그것을 주문한 인물은 내 예상과 달리 아니 내가 엄청나게 놀랄 정도로 오에 슌데이가 아니라 오야마다 로쿠로 바로 그 사람이었다. 인상도 잘 맞는데다가, 그 사람은 주문할 때 오야마다라는 이름을 분명히 말하고, 완성되자, (그것은 작년 연말도 다 된 때였다) 그 자신이 실지로 그 곳으로 받으러 왔다고 하는 것이었다. 그때 로쿠로 씨는 대머리를 감추는 것이라고 말했다는 것인데, 그렇다고 치더라도, 아무도 그의 아내였던 시즈코조차도 로쿠로 씨가 생전에 가발을 쓰고 있던 것을 보지 못한 것은 도대체 어떻게 된 것일까? 나는 아무리 생각해도, 그 불가사의한 수수께끼를 풀 수가 없었다.

한편 시즈코(지금은 미망인이었지만)와 나의 관계는 로쿠로 씨 변사 사건을 경계로 하여, 급거 친밀도를 더해갔다. 형편상 나는 시즈코의 의논 상대이며 보호자 입장에 있었다. 로쿠로 씨 쪽의 친척들은 내가 지붕 밑 조사 이후 정성을 다한 것을 알자 함부로 나를 배척할 수 없었고, 이토자키 검사 등은 그렇게 되면 마침 다행이니까, 가끔 오야마다 집에 위로하러 와서, 미망인의 신변에 주의를 기울려 주세요, 라고 곁에서 말을 거들 정도이었으니까, 나는 공공연히 그녀 집에 출입할 수 있었던 것이다.

시즈코는 첫 대면 때부터 내 소설의 애독자로서 내게 적잖은 호의를 가지고 있던 것은 앞에서 기록한 대로이지만, 게다가 두 사람 사이에 이런 복잡한 관계가 생겼으니까, 그녀가 나를 둘도 없는 사람으로 의지하게 된 것은 참으로 당연한 것이었다. 그렇게 자주 만나자, 특히 그녀가 미망인이라는 처지가 되고 보니, 지금까지는 무엇인가 먼 곳에 있는 것처럼 생각되고 있었던, 그녀의 그 창백한 정열이나 연약하게 사라져 버릴 것 같은 그렇다고 해도 이상한 탄력을 지닌 육체의 매력이 돌연히 현실적인 색채를 띠고, 내게 다가오는 것이었다. 특히나 내가 우연히 그녀 침실에서 외국제 같은 소형 채찍을 찾아내고 나서부터는 내 고통스러운 욕망은 기름이 부어진 것처럼 무서운 기세로 타오른 것이다.

나는 별 다른 생각 없이 그 채찍을 가리키고, "부군께서는 승마를 하신 것입니까?"라고 물었는데 그것을 보자 그녀는 깜짝 놀란 것처럼 순간 새파랗게 되었나 싶더니, 순식간에 불처럼 얼굴을 붉히는 것이다. 그리고 아주 희미하게 "아니요."라고 대답했다. 나는 경솔하게도 그때가 되어 비로소 그녀의 목덜미의 부르틈의 그 이상한 수수께끼를 풀 수 있었다. 상기해 보니, 그녀의 그 상처 흔적은 볼 때마다 조금씩 위치나 형상이 변한 것 같았다. 당시 이상하다는 것 같이 생각했지만, 설마 그녀의 그 온화한 그런 대머리 남편이 세상에도 꺼림칙한 잔학한 욕정을 지닌 사람이었다고는 알아차리지 못했다. 아니 그것뿐만 아니다. 로쿠로 씨의 사후 1개월인 오늘은 아무리 찾아도 그녀의 목덜미에는 그 흉한 부르틈이 안 보이는 것이 아닌가? 이리저리 비교해 생각하면, 설령 그녀의 분명한 고백을 듣지 않아도, 내 상상이 틀린 것이 아닌 것은 자명한 것이다. 그러나 그렇다고 치더라도, 이 사실을 알고 나서, 내 마음의 참기 어려운 고통은 어떤 것이었을까? 혹시나 나도 대단히 부끄럽지만, 죽은 로쿠로 씨와 똑같은 성적 이상자의 한 사람이 아니었을까?

VIII

4월 20일, 고인의 명일(命日)에 해당하기 때문에, 시즈코는 절에 가서 예불하고 성묘한 다음, 저녁 무렵부터 친척이나 고인과 친했던 사람들을 불러서 불공을 올렸다. 나도 그 자리에 참석한 것인데 그 날 밤 터져 나온 두 가지 새로운 사실 (그것은 마치 성질이 다른 사항이었음도 불구하고 나중에 설명하는 대로 그것들에는 이상하게도 운명적인 어떤 관련이 있었지만) 아마도 평생 잊을 수 없는 커다란 감동을 내게 준 것이다.

그때 나는 시즈코와 나란히 어둑어둑한 복도를 걷고 있었다. 손님이 모두 다 돌아가고 나서도, 나는 잠시 동안 시즈코와 나만의 화제(순데이 수색에 관한 것)에 관해 대화한 후 11시경이었는데, 너무 오래 있으면, 하인들의 눈도 있어서, 작별을 고하고, 시즈코가 그 집에 자주 드나드는 가게에서 불러준 자동차를 타고 귀가했는데, 그때 시즈코는 나를 현관까지 전송하기 위해 나와 어깨를 나란히 하며, 복도를 걷고 있었다. 복도에는 정원을 향해 유리창이 몇 개 열려 있었는데, 우리가 그 하나 앞을 지나갔을 때, 시즈코는 갑자기 무섭게 큰 소리를 외치며 내게 매달려온 것이다.

사무카와 "무슨 일이 있습니까? 무엇을 보았습니까?"

　내가 놀라서 물으니, 시즈코는 한손으로는 아직 꽉 나를 부둥켜안으면서, 다른 한손으로 유리창 밖을 가리키는 것이다. 나도 한동안은 슌데이를 생각해내서 깜짝 놀랐지만, 하지만 그것은 아무 것도 아니었던 것을 곧 알았다. 보니, 창 밖의 정원의 나무 사이를 한 마리의 흰 개가 나뭇잎을 바삭바삭 소리를 밟으면서, 어둠 속으로 사라져 갔다.

사무카와 "개에요. 개입니다. 무서워 할 필요가 없어요."

　나는 무슨 생각이었는지 시즈코의 어깨를 두드리면서 위로하는 것처럼 말했지만, 그렇게 아무 것도 아닌 것을 알게 되었어도, 시즈코의 한 손이 내 등을 안고 있어, 뜨뜻미지근한 감촉이 내 온몸에까지 전해 오는 것을 느끼자, 아, 나는 결국 단숨에 그녀를 끌어 당겨 안고 덧니가 부풀어 오른 그 모나리자의 입술을 훔치고 말았던 것이다. 그리고 그것은 나로서 행복이었는지 불행이었는지 그녀 쪽에서도 결코 나를 물리치지 않았을 뿐만 아니라, 나를 안은 그녀의 손끝에 나는 몹시 망설이는 힘마저 기억한 것이다.

그것이 고인의 명일이었으니만큼 우리는 죄를 느끼는 것이 한층 컸다. 두 사람은 그러고 나서 둘은 내가 자동차를 다 탈 때까지 한 마디도 안 하고, 눈조차 딴 데로 돌리는 것처럼 하고 있던 것을 기억하고 있다.

나는 자동차가 움직이기 시작해도, 지금 헤어진 시즈코 일로 머리가 먹먹해졌다. 뜨거워진 내 입술에는 아직 그녀의 입술이 느껴지고, 고동치는 내 가슴에는 아직 그녀의 체온이 남아 있는 듯이 생각되었다. 그리고 내 마음에는 뛰어오를 듯한 기쁨과 깊은 자책감이 복잡한 바탕과 다른 실로 짠 무늬처럼 교착하고 있었다. 차가 어디를 어떻게 달리고 있는 것인지 바깥 경치 등은 전혀 눈에 들어오지 않았다.

하지만 이상한 것은 그런 때임에도 불구하고 조금 전부터 어떤 하나의 작은 물체가 이상하게 내 눈 속에 강렬하게 새겨졌다. 나는 차에 흔들리면서, 시즈코에 관한 일만 생각하며, 매우 가까운 곳의 앞쪽을 가만히 응시하고 있었는데, 마침 그 시선 중심에 내 주의를 끌게 하는 어떤 물체가 깜박

깜박 움직이고 있었다. 처음에는 무관심하게 그냥 바라다보고 있었는데, 점점 그쪽으로 신경이 움직여 갔다.

사무카와 "왜 그럴까? 왜 나는 이것을 이렇게 바라다보고 있는 것일까?"

멍하니 그런 것을 생각하고 있는 사이에 이윽고 일이 진행되는 상황을 알게 되었다. 나는 우연이라고 치기는 너무나도 우연한 두 개 물건의 일치를 의심하고 있던 것이다.

내 앞에는 낡아 보이는 감색의 봄 코트를 걸쳐 입은 덩치가 큰 남자 운전수가 새우등이 되어 전방을 응시하면서 운전하고 있었다. 그 잘 살찐 어깨 건너편에 핸들에 늘어뜨린 양손이 깜박깜박 움직이고 있는 것인데 거칠고 울퉁불퉁한 손끝에 어울리지 않는 고급 장갑을 끼고 있다. 게다가 그것이 제철이 아닌 겨울 것이어서 한층 더 내 눈을 끈 것이겠지만, 그것보다도 그 장갑의 호크의 장식 단추… 나는 비로소 이때가 되어서 깨달을 수 있었다. 이전에 내가 오야마다 집의 지붕 밑에서 주웠던 금속의 동그란 것이 다름 아니라 장갑의 장식 단추였다. 나는 그 금속에 관해서는 이토자키 검사에게도 잠깐 이야기했지만, 마침 그 때는 가지고 있지 않아서, 게다가 범인은 오에 슌데이라고 확실히 어림이 잡혀 있어서, 검사도 나도 유류품 같은 것은 문제로 삼지 않고, 그 물건은 지금도 내 겨울옷 조끼 주머니에 들어 있을 것이다. 그것이 장갑의 장식 단추이리라고는, 전혀 생각도 미치지 않았다. 생각해 보면, 범인이 지문을 남기지 않기 위해 장갑을 끼고 있고, 그 장식 단추가 떨어진 것을 알아차리지 못했다는 것은 정말 있을 법한 일이 아닌가?

하지만 운전수의 장식 단추에는 내가 지붕 밑에서 주운 물건을 가르쳐 준 것 이상으로 더욱 더 놀랄만한 의미가 담겨져 있었다. 형태에서 보나, 색조에서 보나, 크기에서 보나, 그것들은 너무나도 닮았을 뿐만 아니라, 운전수의 오른손에 낀 장갑의 장식 단추가 떨어져서, 호크의 똬리쇠밖에 남아 있지 않는 것은 이것은 어떻게 된 것인가? 내가 지붕 밑에서 주운 철물이 만약 그 똬리쇠와 딱 일치한다고 하면, 그것은 무엇을 의미하는 것일까?

사무카와 "이봐, 이봐. 자네 장갑을 잠깐 보여 주지 않겠나?"

운전수는 내 기묘한 말에 어안이 벙벙해진 것 같았지만, 그래도 차를 서행하면서, 순순히 양손의 장갑을 벗어, 내게 손으로 건네주었다. 보자, 한쪽의 완전한 똬리쇠 표면에는 바로 그 R·K·BROS·CO라는 각인까지 조금도 다르지 않게 나타나 있는 것이다. 나는 더욱 더 놀라움을 더하며, 일종의 이상한 공포마저 느끼기 시작했다.

운전수는 내게 장갑을 건네준 채 돌아다보지도 않고 차를 몰고 있다. 그 살이 잘 찐 뒷모습을 바라다보니, 나는 문득 어떤 망상에 사로잡혔던 것이다.

사무카와 "오에 슌데이……."

나는 운전수에게 들릴 정도의 목소리로 혼잣말처럼 말했다. 그리고 운전수 대 위에 작은 거울에 비쳐 있는 그의 얼굴을 가만히 응시한 것이었다. 하지만 그것이 나의 무지한 망상이었던 것은 말할 나위도 없다. 거울에 비치는 운전수의 표정은 조금도 변하지 않았고, 우선 오에 슌데이가 그런 뤼팽 같은 흉내를 낼 남자는 아니다. 하지만 차가 내 숙소에 도착했을 때, 나는 운전수에게 여분의 품삯을 쥐어주고, 이런 질문을 시작했다.

사무카와 "자네, 이 장갑의 단추가 떨어졌을 때를 기억하고 있는가?"

운전수는 이상한 얼굴을 하고 대답했다.

운전수 "그것은 처음부터 떨어져 있었습니다. 받은 거라서, 단추가 떨어져서 못 쓰게 되었다고 해서, 아직 새 것이지만, 돌아가신 오야마다의 주인어른께서 제게 주신 것입니다."

사무카와 "오야마다 씨가?"

　나는 깜짝 놀라서 총망해서 반문했다.

사무카와 "지금 내가 나온 오야마다 씨인가?"

운전수 "네, 그렇습니다. 그 주인어른이 살아 있을 때에는 회사로의 송영(전송과 마중)은 대부분 제가 하고 있었기 때문에, 저를 특별히 돌봐주셨습니다."

사무카와 "그것은 언제부터 끼고 있어?"

운전수 "받은 것은 추울 때였는데, 고급 장갑으로 아까워서, 소중하게 가지고 있었습니다만, 오래된 것이 찢어져 버려서, 오늘 처음 운전용으로 꺼내서 쓴 것입니다. 이것을 끼고 있지 않으면 핸들이 미끄러지기 때문에요. 어째서 그런 것을 물으십니까?"

사무카와 "아니, 조금 사정이 있어. 자네, 그것을 내게 양도해 주지 않겠나?"

　결국 나는 그 장갑을 상당한 대가로 양도받은 것인데 방에 들어가서, 바로 그 지붕 밑에서 주운 철물을 꺼내, 비교해 보니, 역시 조금도 다르지 않았고, 그 철물은 장갑 단추의 똬리쇠에도 꼭 맞았던 것이다.

　이것은 앞에서도 말한 바와 같이 우연이라고 치고는 너무나도 우연이다, 두 개의 물건의 일치가 아닌가. 오에 슌데이와 오야마다 로쿠로 씨가 장식 단추의 마크까지 똑같은 장갑을 끼고 있었다는 것은 게다가 그 떨어진 철물과 호크의 똬리쇠가 들어맞는다고 하는 것 등을 생각할 수 있을까? 이것은 나중에 알게 된 것이지만, 나는 그 장갑을 가지고 가서, 시내에서도 일류 긴자(銀座)의 이즈미야(泉屋) 양품점에서 감정시킨 결과 그것은 일본 본토에서는 별로 찾아볼 수 없는 만든 모양새로 아마도 영국제일 것이다. R·K·BROS·CO·라고 하는 형제회사(兄弟商会)는 일본 본토에는 한 군데도 없다는 것을 알았다. 이 양품점의 주인의 말과 로쿠로 씨가 재작년 9월까지 해외에 있던 사실을 종합해서 생각해 보면, 로쿠로 씨이야 말로 그 장갑의 소유자로 따라서 그 떨어진 장식 똬리쇠도 로쿠로 씨가 떨어뜨린 것이 되지는 않을까? 오에 슌데이가 그런 본토에서는 입수할 수 없는 게다가 우연히 로쿠로 씨와 같은 장갑을 소유하고 있다고 하는 것은 아무리 해도 생각할 수 없으니까.

사무카와 "그러면 일이 어떻게 되는 거지?"

나는 머리를 싸쥐고, 책상 위에 기대고, "즉, 즉" 이라고 이상한 혼잣말을 계속 하면서, 머릿속으로 내 주의력을 비벼서 안에 넣어 가며, 거기에서 어떤 해석을 찾아내려고 조급히 구는 것이었다.

겨우 나는 문득 이상한 것을 생각해냈다. 그것은 야마노슈크(山の宿)라는 것은 스미다가와(隅田川)를 따라 생긴 가늘고 긴 마을로 거기의 스미다가와 부근에 있는 오야마다 집은 당연히 큰 강의 흐름에 접해 있어야만 하는 것이었다. 생각할 것까지도 없이 나는 가끔 오야마다 집의 서양관 창에서 큰 강을 바라다보고 있었는데, 왠지 그때 비로소 발견한 것처럼 그것이 새로운 의미를 지니며, 나를 자극하는 것이었다.

내 머리의 개운치 않는 감정 속에 커다란 U의 글자가 나타났다. U의 글자의 왼쪽 끝 상부에는 야마노슈크(山の宿)가 있다. 오른쪽 끝 상부에는 고우메초(小梅町)(로쿠로 씨의 바둑 친구의 소재지)가 있다. 그리고 U의 밑에 해당하는 곳은 딱 아즈마바시(吾妻橋)에 해당하는 것이다. 그 날 밤 로쿠로 씨는 U의 오른쪽 상부를 나와 U의 밑의 왼쪽까지 다

가와서, 거기에서 슌데이 때문에 살해당했다고, 우리는 여태껏 믿고 있었다. 하지만 강의 흐름이라는 것을 등한시하고 있지는 않았을까? 큰 강은 U의 상부에서 하부를 향해 흐르고 있다. 내던져진 시신이 살해된 현장에 있다고 하기보다는, 상류에서 떠내려 와서, 아즈마바시 아래의 기선 선착장에 부딪쳐서, 그곳의 괸 곳에 정체되어 있었다고 생각하는 편이 보다 자연스러운 견해가 아닐까? 시신은 떠내려 왔다. 시신은 떠내려 왔다. 그럼 어디에서 떠내려 왔는가? 끔찍스러운 범행은 어디에서 이루어졌는가? … 그래서 나는 깊고 깊게 망상의 늪으로 가라앉아 가는 것이었다.

IX

　나는 며칠 밤이나 그 일만 계속해서 생각했다. 시즈코의 매력도 이 기괴한 의심에는 미치지 않았는지 나는 이상하게도 시즈코의 일을 잊어버린 것처럼 오로지 기묘한 망상의 깊은 곳으로 빠져갔다. 나는 그러는 동안에도 어떤 일을 확인하기 위해 두 번 정도 시즈코를 찾아가기는 찾아갔지만, 볼일을 마치면 아주 시원스럽게 작별을 고하고 아주 서둘러서 돌아와 버려서 그녀는 틀림없이 이상하게 생각하고 있었을 것이다. 나를 현관으로 배웅하는 그녀의 얼굴이 쓸쓸하고 슬픈 것처럼 보였을 정도다.

　그리고 대략 5일 사이에 나는 실로 터무니없는 망상을 엮어 버린 것이다. 나는 그것을 여기에 서술하는 번거로움을 피해, 그때 이토자키 검사에게 보내기 위해 쓴 내 의견서가 남아 있어서, 그것에 다소 추가로 기입해서, 아래에 묘사해 두기로 하지만, 이 추리는 우리 탐정 소설가의 공상 능력으로가 아니면, 아마도 엮을 수 없는 형태인 것이다. 그래서 거기에 하나의 깊은 의미가 존재하고 있던 것을 나중에 알게 된 것이다.

(전략) 그런 까닭에 저는 오야마다 저택의 시즈코의 거실의 지붕 밑에서 주운 쇠장식이 오야마다 로쿠로 씨의 장갑 호크에서 떨어진 것이라고 생각할 수밖에 없는 것을 알자, 지금까지 내 마음의 한 구석의 응어리로 되어 있었던 여러 가지 사실이 바로 제가 발견한 것을 입증하기라도 하는 것처럼 잇달아 상기되는 것이었습니다. 로쿠로 씨의 시신이 가발을 쓰고 있던 것. 그 가발은 로쿠로 씨 자신이 주문해서 만들게 한 것이라는 것. (시신이 알몸인 것은 나중에 서술하는 것과 같은 이유로 제게는 그다지 문제가 아니었습니다.) 로쿠로 씨의 변사와 동시에 마치 약속한 것처럼 히라타의 협박장이 뚝 오지 않게 된 것, 로쿠로 씨가 겉보기와 다른 (이런 일은 많은 경우 겉보기만으로는 알 수 없는 법입니다.) 무섭고 잔학한 욕정주의자(사디스트)이었던 것 등, 이들 사실은, 우연히 여러 가지 이상(異常)이 모인 것처럼 보

입니다만, 차근차근 생각하면, 모두 한 가지 사항을 지시하고 있는 것을 알 수 있습니다.

저는 그것을 깨닫자, 제 추리를 한층 확실하게 하기 위해 가능한 한 모든 재료를 모으는 것에 착수했습니다. 저는 먼저 오야마다 집을 방문해서, 부인의 허락을 얻어, 고(故) 로쿠로 씨의 서재를 조사했습니다. 서재만큼 그 주인공의 성격이나 비밀을 여실히 말해 주는 것은 없으니까요. 저는 부인이 의심 받는 것도 개의치 않고 거의 반나절 정도 책장이란 책장 서랍이란 서랍을 조사하며 다닌 것인데, 이윽고 저는 수많은 책장 중에 단 하나만 정말 엄중하게 자물쇠가 채워져 있는 곳이 있는 것을 발견했습니다. 열쇠를 물었더니, 그것은 로쿠로 씨가 생전에 시계 줄에 끼워서, 시종 가지고 다녔다는 것, 변사한 날에도 한 폭으로 된 허리띠에 둘러 감고 집을 나간 채라는 것을 알았습니다. 어쩔 수 없어 저는 부인을 설득해서 간신히 책장 문을 부수는 허락을 받았습니다.

열어 보았더니, 그 안에는 로쿠로 씨의 수년간의 일기장, 봉지 몇 개에 들어 있는 서류, 편지 다발, 서적 등이 가득 들어 있었습니다만, 저는 그것을 일일이 세밀히 조사한 결과, 이 사건에 관계있는 세 권의 서책을 발견한 것입니다.
우선 로쿠로 씨와 시즈코 부인의 결혼한 해의 일기장으로
혼례 3일 전의 일기 난에 빨간 잉크로 다음과 같은 주의해
야 할 문구가 기입되어 있었던 것입니다.

"(전략) 나는 히라타 이치로(平田一郎)라는 청년과 시즈
코의 관계를 알고 있다. 그렇지만 시즈코는 중도에 그 청년
을 미워하기 시작해서, 그가 어떤 수단을 강구해도 그 뜻에
따르지 않고, 결국에는 아버지의 파산을 호기로 하여, 그 앞
으로부터 모습을 감춘 것이다. 그것으로 족하다. 나는 지나
간 일의 문초는 안 할 생각이다. 운운."

즉, 로쿠로 씨는 결혼 당초부터 어떤 사정에 의해 부인의
비밀을 다 자세히 알고 있었던 것입니다.

두 번째는 오에 슌데이 바로 그 단편집 『지붕 밑의 유희』
입니다. 이런 서책을 실업가 오야마 로쿠로 씨의 서재에 발
견한다는 것은 이 얼마나 놀라운 일일까요? 시즈코 부인으
로부터 로쿠로 씨가 생전에 상당히 소설을 좋아했다고 하는
것을 들을 때까지는 나는 내 눈을 의심했을 정도였습니다.

그런데 이 단편집의 권두에는 콜로타이프 판(版)의 슌데이의 초상화가 실려 있고, 판권장에는 저자 히라타 이치로와 그의 본명이 인쇄되어 있던 것은 주의해야 할 점입니다.

세 번째는 하쿠분칸(博文館) 발행의 잡지 『신청년』 제6권 제12호입니다. 이것에는 슌데이의 작품은 게재되어 있지 않았습니다만, 그 대신 권두의 그림에 그의 원고 사진판이 원 치수대로 원고지 반장분 정도 크게 나와 있고 여백에 '오에 슌데이 씨의 필적'이라고 설명이 붙어 있었습니다. 이상한 것은 그 사진판을 광선에 쬐여서 잘 보면, 두꺼운 아트지 위에 가로세로로 손톱자국 같은 것이 나 있습니다. 이것은 누군가가 사진 위에 얇은 종이를 대고, 연필로 슌데이의 필적을 여러 번 문지른 것이라고밖에 생각할 수 없습니다. 내 상상이 계속해서 적중해 가는 것이 무서울 정도였습니다.

그 같은 날, 나는 부인에게 부탁해서, 로쿠로 씨가 외국에서 가지고 돌아온 장갑을 찾게 했습니다. 그것은 찾는 데에 상당히 시간이 걸렸지만, 결국 제가 운전수에게서 사들인 것과, 조금도 다르지 않는 물건이 한 벌 정도 나왔습니다. 부인은 그것을 제게 건넬 때 확실히 같은 장갑이 또 한 벌 있을 텐데 하며, 미심쩍어하는 표정을 지었습니다. 이들 증거품, 일기장, 단편집, 잡지, 장갑, 지붕 밑에서 주운 쇠 장식 등은, 지시에 따라 언제든지 제출할 수 있습니다.

그런데 제가 철저히 조사한 사실은 이 밖에도 다수 있습 니다만, 그것들을 설명하기 전에 설령 상술한 여러 점에 의 해서만 생각해도, 오야마다 로쿠로 씨가 유달리 기분 나쁜 성격의 소유자이며, 온후독실(溫厚篤実)14)한 가면 속에 몹 시 요괴 같은 음모를 자기 마음 내키는 대로 꾸민 것은 분명 합니다.

우리는 오에 슌데이라는 이름에 너무 집착한 것은 아니 었을까요? 그의 피투성이 같은 작품, 그의 이상한 일상생활 의 지식 등이, 우리로 하여금 이와 같은 범죄는 슌데이만이 할 수 있는 것이라고 아예 독단적으로 정하게끔 만들어 버 린 것은 아닐까요? 그는 어떻게 이리도 완전히 모습을 감춰 버릴 수가 있었을까요? 그가 범인이었다고 하면, 조금 이상 하지 않습니까? 그가 억울하기 때문에, 단지 그가 남과 접촉 하는 것을 싫어하는 타고난 성질에서(그가 유명해지면 유명 해질수록, 그 이름에 대해서도 이런 종류의 사람과의 교제

---

14) 온후독실(溫厚篤実) : 성질이 온화하고 착실한 것.

를 싫어하는 병은 극도로 정도가 심해져 가는 법입니다.) 세
상을 도회(韜晦)[15])했기에 이처럼 찾기 힘든 것은 아닐까요?
그는 이전에 당신이 말씀하신 대로 해외로 도망쳐 버린 것
인지도 모릅니다. 그리고 예를 들어 상하이(上海)의 중국인
마을의 한쪽 구석에 중국인인 양 행세하며, 물 담배라도 피
우고 있는지도 모릅니다. 그렇지 않고 만일 슌데이가 범인
이었다고 하면, 그렇게도 면밀하고 집요하게 오랜 세월을
허비하며 꾸며진 복수 계획이 그로서는 지정거림 같은 것이
었던 로쿠로 씨 살해만으로써 가장 중요한 목적을 잊어버린
것처럼 뚝 중단된 것을 뭐라고 설명하면 좋을까요? 그의 소
설을 읽고 그의 일상을 알고 있는 사람에게는 그것은 너무
나도 부자연스럽고 있을 것 같지도 않은 일로 생각됩니다.

아니, 그것보다도 더 명백한 사실이 있습니다. 그는 어떻
게 오야마다 로쿠로 씨 소유의 장갑의 단추를 그 천장에 떨
어뜨리고 올 수 있었을까요? 장갑이 본토에서는 손에 넣을
수 없는 외국제 물건인 것 로쿠로 씨가 운전수에게 준 장갑
의 장식 단추가 떨어져 있던 것 등을 종합해서 생각하면, 그
지붕 밑에 숨어 있던 사람은 바로 그 오야마 로쿠로 씨가

---

15) 도회(韜晦) : 자기의 본심이나 재능·지위 등을 숨기고 감추는 것.

아니고, 오에 슌데이였다고 그런 불합리한 것을 생각할 수 있을까요? (그럼 그것이 로쿠로 씨였다고 하면, 그는 왜 그 중요한 증거품을 어설프게 운전수 등에게 주었는가 하는 반문이 있을지도 모릅니다. 그러나 그것은 나중에 서술하는 것 같이 그는 특별히 법률적인 죄악을 저지르거나 하지는 않았기 때문입니다. 변태를 좋아하는 일종의 유희를 하고 있었던 것에 지나지 않았기 때문이다. 따라서 장갑 단추가 떨어져봤자, 설령 그것이 천장에 남겨져 있어봤자, 그로서는 아무 것도 아니었기 때문입니다. 범죄자처럼, 이 단추가 떨어진 것은, 혹시 지붕 밑을 걷고 있었을 때가 아니었을까? 그것이 증거가 되지는 않을까? 등도 걱정할 필요는 전혀 없었던 것입니다.)

슌데이의 범죄를 부정해야 할 재료는 또 그것 뿐만은 아닙니다. 위에서 서술한 일기장, 슌데이의 단편집, 신청년 등의 증거품이, 로쿠로 씨의 서재의 자물쇠가 달린 책장에 있던 것, 그 자물쇠의 열쇠는 하나밖에 없고, 로쿠로 씨가 행주좌와(行住坐臥)[16] 소지하고 있던 것은 그들 물건이 로쿠

---

16) 행주좌와(行住坐臥) : 다니고, 머물고, 앉고, 눕고 하는 일상의 움직임을 통틀어 가리키는 말.

로 씨의 음험한 나쁜 장난을 입증하고 있다고 할 뿐만 아니라, 한 걸음 양보해서 슌데이가 로쿠로 씨에게 혐의를 덧씌우기 위해 그 여러 가지 물건을 위조해서 로쿠로 씨의 책장에 넣어 두었다고 생각하는 것도 전혀 불가능합니다. 먼저 일기장의 위조 같은 것은 할 수 있는 것은 아니고, 그 책장은 로쿠로 씨가 아니면 열 수도 닫을 수도 없잖습니까?

　이렇게 조사해 보면, 우리가 지금까지 범인이라고 완전히 믿었던 오에 슌데이 즉 히라타 이치로는 의외로 처음부터 이 사건에 존재하지 않았다고 생각하는 수밖에 없습니다. 우리로 하여금 다음과 같이 믿게 한 것은 오야마다 로쿠로 씨의 경탄할 만한 기만(欺瞞)[17])이었다고밖에 생각할 수 없습니다. 부호 신사 오야마다 씨가 이와 같이 면밀하고 음험한 치기의 소유자이었던 것은 그가 겉으로는 온후독실을 가장하면서도, 그 침실에 있어서는 참으로 두려워해야 할 악마와 형상(形相)으로 변하여 가련한 시즈코 부인을 외국제 승마 채찍으로 계속해서 후려 치고 있던 것과 동시에 우리가 참으로 의외라고 생각하는 점이지만, 온후한 군자와, 음험한 악마가, 한 인물의 마음속에 동거한 선례는 세상에

---

17) 기만(欺瞞) : 남을 속여 넘기는 것.

그 예가 적지 않기 때문입니다. 사람들은 그가 온후하며 호인이면 호인일수록 오히려 악마의 제자가 되기 쉽다고도 말할 수 있지 않을까요?

그런데 저는 이렇게 생각합니다. 오야마다 로쿠로 씨는 지금부터 약 4년 이전, 회사 용무를 띠고, 유럽에 여행을 하며, 런던을 중심으로 기타 두서 군데의 도시에 2년간 체재했습니다만, 그의 못된 버릇은 아마 이들 도시의 어딘가에서 싹트고 발육된 것이겠지요? (저는 로쿠로쿠상회(碌々商会)의 사원들로부터 그의 런던에서의 정사 소문 이야기를 주워듣고 있습니다.) 그리고 재작년 9월, 귀국함과 동시에 그의 고치기 힘든 못된 버릇은 그가 흠뻑 빠져 지나치게 사랑하는 시즈코 부인을 대상으로 맹위를 떨치기 시작한 것이겠지요? 저는 작년 10월 시즈코 부인과 첫 대면했을 때 이미 그녀의 목덜미에 그 기분 나쁜 상흔을 알아차렸을 정도이니까요.

이런 종류의 못된 버릇은 예를 들어 그 모르핀 중독처럼 일단 익숙해지면 평생 그만둘 수 없을 뿐만 아니라, 시간이 지날수록 무서운 기세로 그 병세가 심해져 가는 법입니다. 보다 강렬하고 보다 새로운 자극을 추구하는 법입니다. 오늘은 어제 방식으로는 만족하지 못하고, 내일은 또 오늘 행위로는 어딘가 부족하게 생각되기 시작하는 것입니다. 오야마다 씨도 마찬가지로 시즈코 부인을 후려치거나 때리는 것만으로는 만족할 수 없게 된 것은 쉽게 상상할 수 있지 않습니까? 그래서 그는 미칠 것 같아서 새로운 자극을 찾아 구해야만 했던 것이겠지요?

마침 그때, 그는 어떤 계기로 오에 슌데이 작품인 『지붕 밑의 유희』라는 소설이 있는 것을 알고, 그 괴기한 내용을 들어서, 일독해 볼 생각이 들었는지도 모릅니다. 여하튼 그는 그곳에 이상한 지기를 발견했던 것입니다. 그가 얼마나 슌데이의 단편집을 애독했는지, 그 책의 손에 닳은 부분에서도 상상할 수 있지 않습니까? 슌데이는 그 단편집 속에서 홀로 있는 사람을(특히 여자를) 전혀 눈치 채지 않게 들여다보는 것의 정말 이상한 즐거움을 되풀이해서 주장하고 있는데, 이것을 로쿠로 씨가 그 자신으로서는 아마도 새로운 발견의 새로운 취향에 공감한 것은 상상하기 어렵지 않습니다. 그는 결국 슌데이 소설의 주인공을 흉내 내서, 스스로 지붕 밑의 유희자가 되어, 자기 집의 천장 밑에 숨어, 시즈코 부인가 혼자 있는 것을 들여다보려고 꾀했던 것입니다.

오야마다 집은 문에서 현관까지 상당한 거리가 있으므로 외출에서 돌아올 때 등 하인들에게 발각되지 않도록 현관 옆의 헛간에 몰래 들어가서, 거기에서 천장을 따라 시즈코의 거실 위에 도달하는 것은 정말 손쉬운 일입니다. 저는 로쿠로 씨가 저녁 무렵부터 자주 고우메(小梅)의 친구한테 바둑을 두러 나간 것은 이 지붕 밑의 유희의 시간을 속이는 수단은 아니었는가, 라고조차 사추(邪推)[18]하는 것입니다.

　한편, 그처럼 『지붕 밑의 유희』를 애독하고 있던 로쿠로 씨가 그 판권장의 작자의 본명을 발견하고, 그 사람이 이전에 시즈코에게 배반당한 그녀의 애인이며 그녀에게 깊은 원한을 품고 있음에 틀림없는 히라타 이치로와 동일 인물이 아닌가 하고 의심하기 시작한 것은 당연할 만한 일은 아닙니까? 그래서 그는 오에 슌데이에 관한 모든 기사, 가십을 찾아다니며, 마침내 슌데이가 이전의 시즈코의 연인과 동일 인물이었던 것, 또 그의 일상생활이 몹시 사람과 접촉하는 것을 싫어하고, 당시 이미 붓을 꺾고 행방조차 숨기고 있던 것을 모두 알게 된 것이겠지요? 즉 로쿠로 씨는 한 권의 『지붕 밑의 유희』에 의해 한편으로는 그의 병벽(病癖)[19]의 더

---

18) 사추(邪推) : 다른 사람의 생각을 나쁘게 추측하는 것.

없는 지기를 다른 한편으로는 그로서는 증오해야 할 옛 사랑의 원수를 동시에 발견한 것입니다. 그리고 그 지식에 기초하여 실로 놀랄 만한 못된 장난을 생각해낸 것입니다.

시즈코가 혼자 있는 것을 틈으로 들여다보는 것은 아니나 다를까 몹시 그의 호기심을 자아낸 것임에는 틀림없습니다만, 잔학한 욕정주의자인 그가 그것만으로 미적지근한 흥미만으로 만족할 리가 만무합니다. 채찍으로 후려 때리는 것을 대신할 더 새롭고 더 잔혹한 무엇인가의 방법이 없는가 하고 그는 병자의 이상할 정도로 예리한 공상 능력을 작동시킨 것이겠지요. 그래서 결국 히라타 이치로의 협박장이라는 참으로 전례 없는 연극을 생각해내게 된 것입니다. 그것에는 그는 이미 『신청년』 제6권 12호 권두 사진판의 그림본을 손에 넣고 있었습니다. 연극을 더욱 더 흥미롭고 그럴 듯하게 하기 위해 그는 그 사진판으로 정성껏 슌데이의 필적의 연습을 시작했습니다. 그 사진판의 연필 자국이 그것을 말해 주고 있습니다.

로쿠로 씨는 히라타 이치로의 협박장을 만들자, 적당한

---

19) 병벽(病癖) : 명사 고질이 되어 잘 고쳐지지 아니하는, 병적일 정도로 나쁜 버릇.

날짜를 두고 한 차례 한 차례 다른 우체국에서 그 봉서(겉봉을 봉한 편지)를 보냈습니다. 상용으로 차를 몰게 하는 도중에 가장 가까운 우편함에 그것을 던져 넣게 하는 것은 쉬운 일이었습니다. 협박장의 내용에 관해서는 그는 신문 잡지의 기사로 슌데이의 대략적인 경력에 정통하고 있었고, 시즈코의 세밀한 동작도 천장의 틈새를 통해 들여다보는 것과 그것으로 부족한 것은 그 자신이 시즈코의 남편이었기 때문에 그 정도의 일은 쉽게 쓸 수 있었던 것입니다. 즉 그는 시즈코와 동침하고, 잠자리에서 하는 이야기를 하면서 그때의 시즈코의 말과 행위를 기억해 두었다가 그것을 자못 슌데이가 틈으로 들여다보는 것처럼 기록한 셈입니다. 이 얼마나 잔인한 악마일까요? 이렇게 그는 남의 이름을 사칭하여 협박장을 쓰고, 그것을 자기 처에게 보낸다고 하는 범죄같이 보이는 흥미와 처가 그것을 읽고 부들부들 떠는 것을 지붕 밑에서 가슴을 설레면서 틈으로 들여다본다는 악마의 즐거움을 아울러 얻을 수 있었던 것입니다. 게다가 그러는 사이사이에는 역시 그 채찍으로 후려치는 것을 계속하고 있었다고 믿을 만한 이유가 있습니다. 왜냐고 하면 시즈코의 목덜미의 상처는 로쿠로 씨가 죽은 후에 이윽고 그 자국이 보이지 않게 되었기 때문에. 말할 필요도 없이 그는 이처럼 아내인 시즈코를 심하게 괴롭히고는 있었지만, 그것은 결코 그녀를 증오하기 때문이 아니라 오히려 시즈코에 흠뻑 빠져 지나치게 사랑하기 때문에, 이 잔인하고 포악한 짓을 행한 것입니다. 이런 부류의 변태 성욕주의자의 심리는 물론 당신도 충분히 알고 계시리라고 생각합니다만.

그런데 그 협박장을 만든 사람이 오야마다 씨였다고 하는 제 추리는 이상으로 끝났습니다만, 그럼 단지 변태 성욕주의자의 못된 장난에 지나지 않았던 것이 어째서 그와 같은 살인 사건이 되어 나타났는가? 게다가 살해당한 사람은 바로 당사자인 로쿠로 씨이었을 뿐만 아니라, 그는 왜 그 기묘한 가발을 쓰고, 알몸이 되어, 아즈마바시 아래에 표류하고 있던 것인가? 그의 등의 찔린 상처는 어떤 자의 소행이었는가? 오에 슌데이가 이 사건에 존재하지 않았다고 하면, 그럼 따로 다른 범죄자가 있던 것일까? 등등의 의문이 속출하기 시작하는 것이겠지요. 그것에 관해 저는 다시 제 관찰과 추리를 말씀드리지 않으면 안 됩니다.

간단히 말하면 오야마다 로쿠로 씨는 그의 너무나도 악마적인 소행이 하나님의 분노를 건드리기라도 한 것일까요?

천벌을 받은 것입니다. 거기에는 아무런 범죄도 하수인도 없고, 그냥 로쿠로 씨의 과실사이었을 뿐입니다. 그럼 등의 치명상은 어떻게 된 것이냐는 질문이 있겠지요. 하지만 그 설명은 뒤로 돌리고, 먼저 순서에 따라 제가 그런 생각을 품게 된 이치부터 말씀드리지 않으면 안 됩니다.

제 추리의 출발점은 다름 아닌 그 가발이었습니다. 당신은 아마 3월 17일 제가 지붕 밑을 탐색한 이튿날부터 시즈코는 틈으로 들여다보지 않도록 서양관의 이층에 침실을 옮긴 것을 기억하고 계시겠지요. 그것에는 시즈코가 얼마나 능숙하게 남편을 설득했는가, 로쿠로 씨가 어째서 그 의견을 따르게 되었는가는 명료하지 않습니다만, 여하튼 그 날부터 로쿠로 씨는 천장의 틈으로 들여다볼 수 없게 되었습니다. 그러나 상상의 나래를 편다면 로쿠로 씨는 그 무렵은 이미 천장의 틈으로 들여다보는 것에도 약간 싫증이 난 것일지도 모릅니다. 그리고 침실이 서양관으로 바뀐 것을 기회로 또 다른 못된 장난을 고안하지 않았다고는 말할 수 없습니다. 왜냐하면 여기에 가발이 있습니다. 그 자신이 주문한 곳의 탐스러운 가발이 있습니다. 그가 그 가발을 주문한 것은 작년 말이니까, 물론 처음부터 그럴 생각이 아니고, 따로 용도가 있던 것이겠지만, 그것이 지금 우연찮게 시간을 맞춘 것입니다.

그는 『지붕 밑의 유희』의 권두의 그림에서 슌데이의 사진을 보았습니다. 그 사진은 슌데이의 젊은 시절의 것이라고 말해지고 있을 정도이니까, 물론 로코루 씨처럼 대머리가 아니라, 탐스러운 흑발이 있습니다. 따라서 만일 로쿠로 씨가 편지나 지붕 밑 뒤에 숨어 시즈코를 무섭게 만드는 것에서 한 걸음 나아가 그 자신이 오에 슌데이로 둔갑해서 시즈코가 거기에 있는 것을 확인하고 서양관의 창밖으로부터 흘끗 얼굴을 보이고 어떤 이상한 쾌감을 맛보려고 꾀했다고 하면, 그는 무엇보다도 먼저 그의 첫 번째 안표인 대머리를 숨길 필요를 꼭 있었음에 틀림없습니다만, 마침 그것에는 안성맞춤의 가발이 있던 것입니다. 가발만 쓰면, 얼굴 같은 것은 어두운 유리 밖이고 흘끗 보이기만 해도 충분하니까 (그리고 그 편이 한층 효과적인 것입니다) 공포에 부들부들 떨고 있는 시즈코에게 간파당할 걱정은 없습니다.

그날 밤(3월 19일) 로쿠로 씨는 고우메에 있는 바둑 친구 집에서 돌아와서, 아직 문이 열려 있었기 때문에, 하인들에게 발각되지 않도록 살짝 정원을 돌아 서양관의 아래층 서재에 들어와서(이것은 시즈코로부터 들은 것입니다만, 그는 거기 열쇠를 바로 그 책장 열쇠와 함께 사슬에 달고 가지고 있던 것입니다) 그때는 이미 이층 침실에 들어간 시즈코에게 들키지 않도록 어둠 속에서 그 가발을 쓰고, 밖으로 나가서, 입목(立木 ; 서 있는 나무)을 따라 서양관의 지붕 처마의 복토(覆土 ; 덮는 흙)에 올라가서, 침실 창밖으로 돌아가서, 그곳의 블라인드 틈새로부터 슬쩍 안을 훔쳐본 것입니다. 나중에 시즈코가 창밖에 사람 얼굴이 보였다고 제게 말한 것은 이때의 일이었던 것입니다.

그런데 그럼 로쿠로 씨가 어떻게 죽게 된 것인가, 그것을 말하기 전에 저는 일단 제가 로쿠로 씨를 의심하기 시작하고 나서 두 번째로 오야마다 집을 찾아가서, 서양관의 문제의 창으로부터 밖을 훔쳐보았을 때의 관찰을 말씀드려야 합니다. 이것은 당신 자신이 가서 보시면 알게 되니까, 장황한 묘사는 생략하기로 하겠습니다만, 그 창은 스미다가와(隅田川)와 면하고 있어 밖은 거의 처마 밑 정도의 빈터도 없고 바로 그 바깥쪽과 같은 콘크리트 담으로 둘러싸여, 담은 곧바로 상당히 높은 암석으로 된 낭떠러지로 이어지고 있습니다. 땅을 절약하기 위해 담은 암석으로 된 낭떠러지 끝에 서 있습니다. 수면에서 담의 상부까지는 약 이간(間 ; 6척), 담의 상부에서 이층 창까지는 일간(間) 정도 있습니다. 그래서 로쿠로 씨가 지붕 처마의 복토(覆土)(그것은 폭이 대단히 좁습니다)에서 발을 헛디뎌 굴러 떨어졌다고 하면, 상당히 운이 좋아서 담 안쪽으로(거기는 사람 한 사람이 겨우 지나갈 수 있을 정도의 좁은 빈터입니다) 떨어지는 것도 불가능은 아닙니다만, 그렇지 않으면 일단 담 상부에 부딪혀서 그대로 밖의 큰 강으로 추락하는 수밖에 없는 것입니다. 그래서 로쿠로 씨의 경우는 물론 후자이었던 것입니다.

저는 처음 스미다가와의 흐름이라는 것이 마음에 짚였을 때부터 시신이 내던진 현장에 머무르고 있었다고 생각하는 것보다는 상류에서 표류해 왔다고 해석하는 편이 보다 자연스럽다고 하는 것은 깨닫고 있었습니다. 그래서 오야마다 집의 서양관 밖은 바로 스미다가와이고, 거기는 아즈마바시보다도 상류에 해당하는 것도 알고 있었습니다. 그러므로 어쩌면 로쿠로 씨가 거기 창으로부터 떨어진 것은 아닌가 하고, 생각하기는 생각했지만 그의 사인이 익사가 아니라 등의 찔린 상처이었기 때문에 저는 오랫동안 갈피를 못 잡지 않으면 안 되었습니다.

그런데 어느 날 저는 문득 이전에 읽은 난바 모쿠사부로
(南波杢三郎) 씨 저서 『최신 범죄 수사법』 안에 있었던 이
사건과 아주 비슷한 실례를 생각해낸 것입니다. 동 서는 제
가 탐정소설을 생각할 때 자주 참고하고 있어서 그 안의 기
사를 기억하고 있던 것인데 그 실례라고 하는 것은 다음과
같습니다.

"다이쇼(大正) 6년(1917년) 5월 중순경 시가(滋賀) 현(県) 오
쓰(大津) 시(市) 다이코(太湖) 기선회사 방파제 부근에 남자의 익
사체가 표착하고 있는 일이 발생. 시신은 두부에는 둔기에 의한
것 같은 절창(切創)[20]이 있음. 검안 의사가 그것은 생전의 찔린
상처로 사인으로 간주되고 또한 복부에 다소의 물이 있는 것은
살해와 동시에 물속에 투기된 것이라는 취지로 단정함으로써,
이에 큰 사건으로 급거 수사관의 활동은 시작되었다. 피해자의
신원을 모르기 때문에 모든 방법은 다 동원되었고 결국 단서를
얻은 바, 수일을 경과해서, 교토(京都) 시(市) 가미교(上京) 구(区)
조후쿠지(浄福寺)거리 금박업자 사이토(斎藤) 댁으로부터 동인
(同人)집의 고용인 고바야시 시게조(小林茂三 23세)의 가출 보호
원의 편지를 수리한 오쓰(大津) 경찰서에서는 때마침 그 인상착

---

20) 절창(切創) : 칼이나 유리 조각 등의 예리한 날에 베인 상처.

의와 본 건 피해자의 그것과 부합하는 것이 있어서, 즉시 사이토 아무개에게 통지하고 시신을 한 번 보였더니 정말 그 고용인인 것이 판명되었을 뿐만 아니라, 타살이 아니라 실은 자살인 것도 확정되었다. 왜냐하면 익사자는 주인집의 금전을 많이 탕진하고 유서를 남기고 가출한 것을 알았기 때문이다. 동인이 두부에 찔린 상처가 있던 것은, 항행 중인 기선의 선미로부터 호수 위로 투신했을 때, 회전한 기선의 스크루에 닿아, 찔린 상처 같은 손상을 입은 것이라는 것이 명백해졌다.”

만일 제가 이 실례를 생각해내지 않았다면, 저는 그와 같은 엉뚱한 생각을 하지 않았을지도 모릅니다. 그러나 많은 경우 사실은 소설가의 공사 이상인 것입니다. 그리고 심히 있을 것 같지도 않은 얼빠진 일이 실제는 간단히 행해지고 있는 것입니다. 라고 해도 저는 아무 것도 로쿠로 씨가 스크루에 상처를 입었다고 생각하는 것은 아닙니다. 이 경우는 위와 같은 실례와는 다소 달리 시신은 전혀 물을 먹고 있지 않았고, 게다가 밤중의 1시경에 스미다가와를 기선이 지나가는 것은 좀처럼 없기 때문이니까요.

그럼 로쿠로 씨의 등의 폐부에 도달할 만큼이나 심한 찔린 상처는 무엇에 의해 생겼는가, 그렇게도 칼과 비슷한 상

처를 낼 수 있는 것은 도대체 무엇이었는가? 그것은 다름
아닌, 오야마다 집의 콘크리트 담의 상부에 박혀 있는 맥주
병의 파편인 것입니다. 그것은 정문 쪽도 똑같이 박혀 있기
때문에, 당신도 아마 보신 일이 있겠지요. 그 도적을 막기
위한 유리 파편은 군데군데 터무니없이 큰 것이 있으니, 경
우에 따라서는 충분히 폐부에 도달할 정도의 찔린 상처를
만들 수가 있습니다. 로쿠로 씨는 지붕 처마의 복토(覆土)로
부터 굴러 떨어졌을 때 그 기세로 그것에 부딪힌 것입니다.
심한 상처를 입은 것도 당연합니다. 또한 이 해석에 의하면,
그 치명상의 주위에 많은 깊지 않은 찔린 상처가 있는 것의
설명도 가능한 셈입니다.

　이렇게 해서 로쿠로 씨는 자업자득 그의 악랄한 나쁜 버
릇 때문에 지붕 처마의 복토에서 발을 헛디디고 담에 부딪
혀서, 치명상을 입고, 게다가 스미다가와에 추락해서, 강의
흐름과 함께 아즈마바시 기선 선착장의 변소 아래로 표착하
여, 뜻하지 않게 부끄러운 죽음을 한 것입니다. 이상으로 본
건에 관한 저의 새로운 해석을 대략적으로 진술했습니다.
한두 가지 할 말을 다하지 않고 남겨 둔 것을 덧붙이면, 로
쿠로 씨의 시신이 어째서 알몸으로 되어 있었던가 하는 의

문에 관해서는 아즈마바시 부근은 부랑자, 거지, 전과자의 소굴이어서, 익사체가 고가의 의복을 착용하고 있다면(로쿠로 씨는 그 날 밤 오시마(大島)의 겹옷에 시오제(鹽瀨)의 일본옷의 위에 입는 짧은 겉옷을 겹쳐 있고, 플라티나(백금)의 회중시계를 소지하고 있었습니다) 심야에 사람이 없는 것을 보고, 그것을 빼앗을 정도의 무모한 자는, 얼마든지 있다고 말하면 충분하겠지요. (주(註), 이 저의 상상은 나중에 사실이 되어 나타나고, 부랑인 한 사람이 잡혔던 것이다) 그리고 시즈코가 침실에 있으면서, 어째서 로쿠로 씨가 추락한 소리를 알아차리지 못했다는 점은 그때 그녀가 극도의 공포로 놀라서 어떻게 할 바를 모르고 있던 것, 콘크리트로 만든 서양관의 유리창이 밀폐되어 있던 것, 창에서 수문까지의 거리가 대단히 먼 것, 또 가령 물소리가 들렸다고 하더라도, 스미다가와는 때때로 심야에 진흙을 나르는 배 등이 다니기 때문에 그 삿대 소리와 혼동되었는지도 모르는 것, 등을 한번 생각해 보시기를 부탁드립니다. 또한 주의해야 할 점은, 이 사건이 전혀 범죄적인 의미를 내포하지 않고, 불행히 변사 사건을 유발했다고 하더라도, 못된 장난의 범위를 전혀 벗어나지 않았다는 점입니다. 만일 그렇지 않았다고 한다

면, 로쿠로 씨가 증거품인 장갑을 운전수에게 주거나, 본명
을 밝히고 가발을 주문하거나 자물쇠가 달려 있다고는 하더
라도, 자택의 책장에 중요한 증거물을 넣어두거나 하는 어
처구니없는 부주의를 뭐라고 설명할 수도 없기 때문입니다.
(후략(後略))

　이상 저는 너무 장황하게 제 의견서를 베껴 썼는데, 이것
을 여기에 삽입한 것은 미리 이상과 같이 제 추리를 명확하
게 해 두지 않을 때는 앞으로 나중의 제 기사가 몹시 난해한
것이 되기 때문입니다. 저는 이 의견서로 오에 순데이는 처
음부터 존재하지 않았다고 말했다. 하지만 사실은 과연 그
랬는지 어땠는지. 만일 그렇다고 하면 제가 이 기록의 앞에
있는 단(段)에서, 그렇게도 자세히 그의 사람됨을 설명한 것
이 전혀 무의미하게 되고 마는 것이지만.

X

이토자키 검사에게 제출하기 위해 이상의 의견서를 조목
조목 다 쓴 것은 그것에 있는 날짜에 의하면 4월 28일이었
지만, 저는 우선 이 의견서를 시즈코에게 보이고, 이제 오에
슌데이의 환영에 겁낼 필요가 없는 것을 알리고, 안심시켜
주려고, 다 쓴 다음 날 오야마다 집을 방문한 것이다. 저는
로쿠로 씨를 의심하고 나서도 두 번이나 시즈코를 찾아가서
가택 수색 같은 것을 하고 있으면서도, 실은 아직 그녀에게
는 아무것도 알리고 있지 않았다.

당시 시즈코의 신변에는 로쿠로 씨의 유산 처분에 관해
매일처럼 친척들이 모여들어, 여러 가지 귀찮은 문제가 생
기고 있는 것 같았지만, 거의 고립 상태의 시즈코는 지나치
게 나를 의지하여 내가 방문하면, 큰 소동을 피우며 환영해
주는 것이었다. 나는 상례에 따라 시즈코의 거실로 안내받

자, 몹시 당돌하게,

사무카와 "시즈코 씨, 이제 걱정은 없어졌습니다. 오에 슌데
　　　　이 같은 것은 처음부터 없었습니다."

라고 말을 꺼내서, 시즈코를 놀라게 했다. 물론 그녀에게는
무슨 일인지 의미를 모르는 것이다. 그래서 내가 탐정소설
을 다 썼을 때 항상 그것을 친구들에게 읽어주는 것과 마찬
가지 기분으로 지참한 의견서의 초고를 시즈코를 위해 낭독
한 것이다. 그 이유는 하나는 시즈코에게 일의 자세한 사정
을 알려서 안심시키기 위해 또 하나는 이것에 대한 그녀의
의견도 듣고 내 자신도 초고의 불비한 점을 발견하여, 이를
충분히 정정하고 싶어서였다.

　　로쿠로 씨의 잔인하고 포악한 욕정을 설명한 부분은 극
히 잔혹했다. 시즈코는 얼굴을 붉히며 부끄러워서 그 자리
에서 떠나고 싶은 모습을 보였다. 장갑 부분에서는 그녀는
"저도 확실히 한 벌 더 있었는데 이상하다, 이상하다고 생각
하고 있었습니다."라고 도중에 끼어들었다. 로쿠로 씨의 과
실사라는 점에서는 그녀는 몹시 놀라서, 질리고, 말도 못하
는 상태였다. 하지만 다 읽어 버리자, 그녀는 잠시 동안은
"정말"이라고 말한 채 멍하니 있었지만, 이윽고 그 얼굴에

희미한 안도의 빛이 떠올랐다. 그녀는 오에 슌데이의 협박장이 가짜이고 이제 그녀의 신변에 위험이 없어진 것을 알고, 겨우 안심한 것에 틀림없다. 나의 일방적인 사추를 허락하면, 그녀는 또 로쿠로 씨의 추악한 자업자득을 듣고, 나와의 불의의 친밀한 교제에 관해 품고 있었던 자책감을 틀림없이 다소 가볍게 할 수 있었을 것이다. "그 사람이 그런 심한 짓을 하며 저를 괴롭히고 있다니, 저도……."라고 변명할 방도가 선 것을, 그녀는 확실히 기뻐했을 것이다.

때마침 저녁 식사 시간이었기 때문에 기분 탓인지 그녀는 부랴부랴 양주 등을 내오며 나를 대접해 주었다. 나는 나대로 의견서를 그녀가 인정해 준 것이 기뻐서 권하는 대로 아무 생각 없이 과음했다. 술에 약한 나는 바로 새빨개지고, 그러면 나는 언제나 오히려 우울해지는데, 별로 말도 안 하고, 시즈코의 얼굴만 바라다보고 있었다. 시즈코는 상당히 수척해 보였지만, 그 창백함은 그녀의 본바탕이었고, 몸 전체에 나긋나긋한 탄력이 있고, 심지에 도깨비불이 타고 있는 것 같은 그 이상한 매력은 조금도 없어지지 않았을 뿐만 아니라, 그때는 이미 모직물 계절이어서, 고풍스러운 플란넬(flannel)21)을 입고 있는 그녀의 몸의 선이 지금까지와 달리 요염하게조차 보인 것이다. 나는 그 모직물을 진동시키면서 교태를 지어 보이며 꿈틀거리는 그녀의 사지의 곡선을 바라다보면서, 아직 모르는 기모노로 싸인 그녀의 육체를 고통스럽게도 마음속에 그려 보는 것이었다.

그렇게 잠시 동안 이야기하고 있는 사이에 술의 취기가 내게 멋진 계획을 생각해내게끔 만들었다. 그것은 어딘가 사람 눈에 띄지 않는 곳에 집을 한 채 빌려, 그곳을 시즈코와 나의 밀회의 장소로 정하고, 아무에게도 발각되지 않도록 둘만의 비밀스런 밀회를 즐기겠다고 하는 것이었다. 그때 나는 하녀가 사라진 것을 확인하고, 야비한 것을 고백하지 않으면 안 되는데 갑자기 시즈코를 가까이 끌어당기고 그녀와 두 번째 입맞춤을 나누면서, 그리고 내 양손은 그녀의 등의 플란넬의 감촉을 즐기면서, 나는 그 즉흥적인 생각을 그녀의 귀에 속삭인 것이다. 그러자 그녀는 나의 이 무례한 행위를 거절하지 않았을 뿐만 아니라, 겨우 고개를 끄덕이게 하고, 내 제안도 받아들여 준 것이다.

그러고 나서 20일 남짓한, 그녀와 나의 여러 번에 걸친 밀회를 완전히 탐닉하는 악몽 같은 그 날, 그 날을, 뭐라고

---

21) 플란넬(flannel) : 털실, 면, 레이온의 혼방사로 짠 능직 또는 평직물.

기록하면 좋을까? 나는 네기시(根岸) 오교노마쓰(御行の松) 부근에 한 채의 예스러운 흙벽으로 만든 광이 딸린 집을 빌려서, 집을 비울 때는 근처의 막과자 가게의 할머니에게 부탁해 두고, 시즈코와 미리 짜 놓고는, 대부분은 대낮에 거기에서 만난 것이다. 나는 아마 처음으로 여자라고 하는 것의 정열이 얼마나 격렬하고, 무시무시한 것을 통절히 맛보았다. 어떨 때는 시즈코와 나는 어린 아이로 돌아가서 낡아빠진 도깨비가 나오는 집처럼 넓은 집안을 사냥개처럼 혀를 내고, 헉헉 괴로운 듯 어깨로 숨을 쉬면서, 서로 뒤엉켜서 뛰어 돌아다녔다. 내가 잡으려고 하면, 그녀는 돌고래처럼 꼼틀대며 교묘하게 내 손 안을 빠져 나가서는 달렸다. 축 늘어져 죽은 듯이 겹쳐서 쓰러져 버릴 때까지 우리는 숨을 헐떡이며 달리며 돌아다녔다. 어떨 때는 어둑어둑한 흙벽으로 만든 광 속에 틀어박혀서 한 시간이나 두 시간이나 고자누룩했다. 만일 사람이 있어, 그 흙벽으로 만든 광 입구에 귀를 기울이고 있었다면, 안에서 아주 슬픈 듯한 여자의 흐느끼는 울음소리에 섞여, 이중창처럼 굵은 남자의 드러내 놓고 내는 울음소리가 오랫동안 지속되는 것을 들었을 것이다.

하지만 어느 날, 시즈코가 작약의 커다란 꽃다발 속에 감추고, 바로 그 로쿠로 씨가 항상 사용하던 외국제 승마용 채찍을 가지고 왔을 때에는 나는 왠지 모르게 무섭기조차 느꼈다. 그녀는 그것을 내 손에 쥐게 하고 로쿠로 씨처럼 그녀의 벌거벗은 육체를 후려치라고 강요하는 것이다. 아마 오랫동안의 로쿠로 씨의 잔인하고 포악한 행위가 마침내 그녀에게 그 나쁜 버릇을 옮기고, 그녀는 학대를 당하는 성욕주의자가 참기 힘든 욕망에 시달리는 몸으로 전락하고 만 것이다. 그리고 나도 역시 만일 그녀와의 밀회가 이대로 반년이나 지속되었다면, 틀림없이 로쿠로 씨와 똑같은 병에 걸리고 말았음에 틀림없다. 왜냐하면 그녀의 바람을 물리치지 못하고, 내가 그 채찍을 그녀의 보드라운 육체에 가했을 때 그 창백한 피부 표면에 갑자기 부풀어 오르는 색이 칙칙한 부르틈을 보았을 때 오싹하게도 나는 어떤 불가사의한 유열(愉悅)[22]조차 느꼈기 때문이다.

그러나 나는 이와 같은 남녀의 정사를 묘사하기 위해 이 기록을 쓰기 시작한 것은 아니었다. 이것들은 훗날 내가 이 사건을 소설로 구성할 때 더 자세히 기록하기로 하고, 여기

---

22) 유열(愉悅) : 유쾌하고 기쁜 것.

에는 그 정사 생활 동안에 내가 시즈코로부터 들을 수 있던 한 가지 사실을 더 써넣어 두는 것으로 그치겠다. 그것은 바로 그 로쿠로 씨의 가발에 관한 것이었는데, 그것은 틀림없이 로쿠로 씨가 일부러 주문해서 만들게 한 것으로 그런 것에는 극단으로 신경질적이었던 그는 시즈코와의 침실 유희 때 보기 좋지 않은 그의 대머리를 감추기 위해 시즈코가 웃으며 말렸음에 불구하고 어린이처럼 진지하게 그것을 주문하러 갔다고 했다. "왜 지금까지 감추고 있었어?"라고 내가 물었더니, 시즈코는 "왜냐면 그런 것 부끄러워서 말하지 못했어요."라고 대답했다.

그런데 그런 날이 20일 정도나 지속되었을 쯤, 별로 얼굴을 보이지 않는 것도 이상하다고 해서, 나는 어떤 일을 하고 모른 체하며, 오야마다 집을 찾아가서, 시즈코를 만나 한 시간 정도, 짐짓 점잔 빼고 담화를 나눈 후, 바로 집에 출입하는 그 자동차로 배웅을 받고 집에 돌아온 것이었는데, 그 자동차의 운전수가 우연히 이전에 내가 장갑을 사들인 아오키 다미조(青木民藏)이었던 것이 재차 내가 그 괴기한 백일몽으로 끌려들어가는 계기가 된 것이다.

　장갑은 달랐지만, 핸들에 올려놓은 손 모양도 낡은 티가
나는 감색 봄 외투도(그는 와이셔츠 위에 바로 그것을 입고
있었다) 그 탱탱한 어깨 모양도 앞의 바람막이 유리도 그 위
의 작은 거울도 모두 약 1개월 이전의 모습과 조금도 다르
지 않았다. 그것이 나를 이상한 기분으로 만들어 갔다. 나는
그때, 이 운전수를 향해 '오에 슌데이' 라고 불러 본 것을 생
각해냈다. 그러자 나는 묘하게도 오에 슌데이의 사진 얼굴
이나 그의 작품의 변태스러운 줄거리나 그의 이상한 일상생
활의 기억으로 머릿속이 가득 찼다. 종국에는 쿠션의 내 바
로 옆에 슌데이가 앉아 있는 것은 아닌가 하고 생각할 정도
로 그를 가깝게 느끼기 시작했다. 그리고 일순간 멍해져서
나는 이상한 것을 무심코 입 밖에 냈다.

사무카와 "자네, 자네, 아오키 군. 요전의 장갑 말이야, 그것
　　　　은 도대체 언제쯤 오야마다 씨에게 받은 거야?"

아오키 "헤?"

　운전수는 1개월 전과 마찬가지로 얼굴을 돌리고, 어이없
는 표정을 지었지만, "글쎄요? 그것은 물론 작년이었습니다
만, 11월의 … 아마 확실히 회계를 보는 곳에서 월급을 받은
날로 남에게서 자주 물건을 받는 날이라고 생각한 것을 기

억하고 있으니까? 11월 28일이었어요. 틀림없어요."

사무카와 "허! 11월의 28일이지?"

나는 다시 얼빠진 상태로 잠꼬대처럼 상대의 대답을 되풀이하게 했다.

아오키 "하지만, 나리, 왜 그렇게 장갑에 관한 것만 신경을 쓰십니까? 뭔가 그 장갑에 사연이라도 있었습니까?"

운전수는 히죽히죽 웃으며 그런 말을 했는데, 나는 그것에 대답도 안 하고, 가만히 바람막이 유리에 붙은 작은 먼지를 응시하고 있었다. 차가 4, 5 정(丁 ; 약 109미터) 달리는 동안, 그렇게 하고 있었다. 하지만 갑자기 나는 차 안에서 일어나서, 느닷없이 운전수의 어깨를 잡고, 고함을 질렀다.

사무카와 "자네, 그것은 정말이지? 11월 28일이라는 것은. 자네는 재판관 앞에서도 그것을 단언할 수 있는 거지?"

차가 흔들흔들 허든거렸기 때문에 운전수는 핸들을 조절하면서,

아오키 "재판관 앞이라고요? 농담하지 마세요. 하지만, 11월 28일이 틀리지 않습니다. 증인도 있어요. 제 조수도 그것을 보고 있었으니까요."

아오키는 내가 너무 진지해서, 어안이 벙벙해지면서도, 성실하게 대답했다.

사무카와 "그럼 자네, 다시 한 번 되돌아가! 오야마다 씨 집으로 되돌아가 줘!

운전수는 더욱 더 당황해서, 약간 겁에 질려 주춤하는 모습이었지만, 그래도 내가 말하는 대로 차를 돌려서, 오야마다 집 문 앞에 댔다. 나는 차에서 뛰어나와, 현관으로 급히 달려가서, 거기에 있던 하녀를 붙잡아, 느닷없이 이런 것을 물어보았다.

사무카와 "작년 연말 대청소를 할 때 이곳 집에서는 일본식 방 쪽의 지붕 밑을 완전히 떼고, 잿물로 닦아내는 일을 한 것 같은데. 그것은 정말이지?"

앞에서도 서술한 바와 같이 나는 언젠가 지붕 밑에 올라갔을 때 시즈코에게 그것을 들어서 알고 있었던 것이다. 하녀는 내가 정신이 돌았다고 생각했는지도 모른다. 잠시 내 얼굴을 뚫어지게 보고 있었지만,

하녀 "네, 정말입니다. 잿물로 닦아내는 것이 아니라 그냥 물로 닦게 했지만, 잿물로 닦아내는 업자가 오기는 왔습니다. 그것은 세밑의 25일이었습니다."

사무카와 "어느 방 할 것이 모든 방의 천장을?"
하녀 "네, 방 전부 천장을 닦아냈어요."

그것을 우연히 듣고 알았는지 안에서 시즈코도 나왔는데, 그녀는 걱정스러운 듯이 내 얼굴을 바라다보며,
시즈코 "무슨 일이 있으셨습니까?"

나는 다시 한번 아까의 질문을 반복해서 시즈코로부터도 하녀와 같은 대답을 듣자 인사도 하는 둥 마는 둥, 다시 자동차에 올라타고, 내 숙소로 가라고 명한 채 깊숙이 쿠션에 완전히 기대고 내가 가지고 태어난 정신을 잃을 정도의 망상에 빠져들어 가는 것이었다.

오야마다 집의 일본식 방의 반자널은 작년 12월 25일, 완전히 떼 내고 물로 닦아냈다. 그럼 바로 그 장식 단추가 지붕 밑에 떨어진 것은 그 이후이어야 한다. 그런데 한편 11월 28일에 장갑이 운전수에게 건네졌다. 지붕 밑에 떨어져 있던 장식 단추가 그 장갑에서 떨어진 것이라는 것은 앞에서 여러 차례 서술한 대로 의심할 수 없는 사실이다. 그렇다면 문제의 장갑의 단추는 떨어지기 전에 없어졌다는 것이 된다. 이 아인슈타인 물리학의 실례 같은 불가사의한 현상

은 도대체 무엇을 말하는 것일까? 나는 거기에 정신을 차린 것이었다. 나는 확실히 해 두기 위해 차고로 아오키 다미조(青木民藏)를 찾아가서, 그의 조수라는 남자도 만나서 캐어물어 보았지만, 11월 28일에 틀림없고, 또 오야마다 집의 천장 청소를 맡은 도급자도 찾아보았지만, 12월 25일에 틀림이 없었다. 그는 반자널을 완전히 뗐기 때문에, 어떤 작은 물건이라고 해도, 거기에 남아 있을 리가 없다고 보증해 주었다.

그래도 역시 그 단추는 로쿠로 씨가 떨어뜨린 것이라고 강변하기 위해서는 이런 식으로 생각할 수밖에 없었다. 즉 장갑에서 떨어진 단추가 로쿠로 씨의 주머니에 남아 있었다. 로쿠로 씨는 그것을 모르고 단추가 없는 장갑은 사용할 수 없어서, 운전수에게 주었다. 그러고 나서 적게 보아도 1개월 후 많게는 3개월 후에(협박장이 오기 시작한 것은 2월쯤부터였다) 로쿠로 씨가 지붕 밑에 올라갔을 때 참으로 우연히도 단추가 그 주머니에서 떨어졌다고 하는, 에둘러서 말할 경우의 순서인 것이다. 장갑 단추가 외투가 아니라 옷주머니에 남아 있던 것도 이상하고, (장갑은 대체로 외투 주머니에 넣는 법이다. 그래서 로쿠로 씨가 지붕 밑으로 외투를 입고 올라갔다고는 생각되지 않는다. 아니 양복을 입고 올라갔다고 생각하는 것도 상당히 부자연스럽다) 게다가 로쿠로 씨와 같은 부호 신사가 세밑에 입고 있던 복장인 채로 봄을 넘겼다고도 생각되지 않지 않은가?

이것이 실마리가 되어서, 내 마음에는 또다시 '음험한 짐승(음수 ; 陰獸)' 오에 슌데이의 그림자가 비치기 시작했다. 로쿠로 씨가 잔인하고 포악한 욕정주의자였다는 근대 탐정 소설 같은 재료가 내게 엉뚱한 착각을 일으키게 하지는 않았는가? (그가 외국제 승마용 채찍으로 시즈코를 후려친 것만은 의심할 여지도 없는 사실이지만) 그리고 그는 역시 어떤 사람 때문에 살해당한 것은 아닐까? 오에 슌데이, 아아, 괴물 오에 슌데이의 모습이 빈번히 내 마음에 척척 들러붙어 온 것이다.

일단 그런 생각이 싹트면, 모든 사안이 이상하게 의심스러워진다. 일개의 공상 소설가에 지나지 않는 내게 의견서를 기록한 것 같은 추리가 그리 쉽게 구성되었다는 것도 생각해 보면 이상한 것이다. 실제로 나는 그 의견서의 어딘가에 당치도 않은 착각이 감추어 있는 그런 생각이 들었기 때문에 하나는 시즈코와의 정사에 여념이 없었던 탓도 있지만, 초고인 상태로 정서도 하지 않은 채 방치되어 있다. 사실 나는 왠지 모르게 마음이 내키지 않았다. 그리고 지금은 그것이 오히려 잘 됐다는 생각조차 하게 되었다.

생각해 보면, 이 사건에는 증거가 너무 차 있었다. 내가 가는 곳마다 기다리고 있던 것처럼 안성맞춤의 증거품이 널려 있었다. 바로 그 오에 슌데이도 그의 작품에서 말한 대로 탐정은 너무 많은 증거를 마주쳤을 때이야 말로 경계해야 하는 것이다. 먼저 그 생생한 협박장의 필적이 내가 망상한 것 같이 로쿠로 씨의 위조한 필적이었다고 하는 것은 몹시 생각하기 어려운 일이 아닌가? 이전에 혼다(本田)도 말한 것이지만, 설령 슌데이의 글자는 모조할 수 있어도, 그 특징 있는 문장을 게다가 분야가 다른 실업가였던 로쿠로 씨가 어떻게 흉내 낼 수 있었을까? 나는 그때까지 완전히 잊고 있었지만, 슌데이 저작의 『우표 한 장』이라는 소설에는 히스테리의 의학 박사 부인이 남편을 증오한 나머지 박사가 그녀의 필적을 연습해서 가짜 유언장을 만든 그런 증거를 만들어내서, 박사를 살인죄에 빠트리려고 획책한 것은 아닐까?

보기에 따라서는 이 사건은 마치 오에 슌데이의 걸작집

같은 것이었다. 예를 들어 지붕 밑에서 틈을 통해 들여다보는 것은 『지붕 밑의 유희』이며, 증거품인 단추도 같은 소설의 착상이고, 슌데이의 필적을 연습한 것은, 『우표 한 장』이고, 시즈코의 목덜미의 새 상처가 잔인하고 포악한 욕정주의자를 암시한 것은 『B비탈길의 살인』의 방법이다. 그리고 유리 파편이 찔린 상처를 만들었다고 하든, 벌거숭이의 시신이 변소 아래에 표류하고 있었다고 하든, 기타 사건 전체가 오에 슌데이의 체취로 넘칠 정도로 그득 차 있는 것이다. 이것은 우연치고는 너무나도 기묘한 부합이 아니었던가? 처음부터 끝까지 사건 위에 슌데이의 커다란 그림자가 덮여 있던 것은 아니었던가? 나는 마치 오에 슌데이의 지시에 따라 그가 생각하는 대로 추리를 구성해왔다는 생각이 드는 것이다. 슌데이가 내게 지핀 것은 아닌가? 라고도 생각되는 것이다.

슌데이는 어딘가에 있다. 그리고 사건의 바닥에서 뱀 같은 눈을 번뜩이고 있음에 틀림없다. 나는 이치가 아니라, 그런 식으로 느끼지 않을 수 없었다. 하지만 그는 어디에 있는 것인가?

나는 그것을 하숙집 방에서 이불 위에 누워 생각하고 있었는데, 자타가 공인할 정도의 심장이 강한 나도 이 끝없는 망상에는 진절머리가 났다. 생각하면서, 나는 몹시 지쳐서 꾸벅꾸벅 졸고 말았다. 그리고 이상한 꿈을 꾸고 눈이 번쩍 떠졌을 때 어떤 이상한 것을 문득 생각해냈던 것이다.

밤이 깊어졌지만, 나는 그의 하숙에 전화를 걸어, 혼다를 불러 달라고 부탁했다. 사무카와 "자네, 오에 슌데이의 아내는 얼굴이 동그랗다고 했지?"

나는 혼다가 전화를 받자, 아무런 서두도 말하지 않고, 이런 것을 물어서 그를 놀라게 했다.

혼다 "네, 그랬어요."

혼다는 잠시 후, 나라고 알았는지 졸린 듯한 목소리로 대답했다.

사무카와 "항상 서양식의 머리 모양으로 묶고 있었지?"

혼다 "네, 그랬어요."

사무카와 "근시 안경을 쓰고 있었지?"

혼다 "네, 그래요."

사무카와 "금이빨을 해 넣었지?"

혼다 "네, 그래요."

사무카와 "치아가 안 좋았지? 그리고 자주 볼에 치통을 멎게 하는 약을 발랐다고 하지 않았나?"

혼다 "잘 알고 있네요. 슌데이 아내를 만났습니까?"

사무카와 "아니, 사쿠라기초(桜木町) 근방 사람에게 들었어.
하지만 자네가 만났을 때도 역시 치통을 앓고 있었
나?"

혼다 "네 항상 그래요. 어지간히 이가 안 좋은 것이겠지요?"

사무카와 "그건 오른쪽 볼이었나?"

혼다 "잘 기억하고 있지 않지만, 오른쪽 같았어요."

사무카와 "그러나 서양 머리를 한 젊은 여자가 고풍스러운
치통을 멎게 하는 바르는 약을 사용하는 것은 조금
이상하네. 요즘 그런 것을 바르는 사람은 없으니까."

혼다 "맞아요. 그런데 도대체 무슨 일이 있습니까? 바로 그
사건, 무슨 단서를 찾았습니까?"

사무카와 "뭐, 그래. 자세한 것은 조만간 이야기할 게."

나는 전에 들어서 알고 있던 것을 다시 한번 확인하기 위
해 혼다에게 질문해 본 것이었다.

그러고 나서 나는 책상 위의 원고지에 마치 기하 문제라
도 푸는 것처럼 각종 형태나 글자나 공식 같은 것을 거의
아침까지 썼다가는 지우고 다시 썼다가는 지우고 있었던 것

이다.

XI

그런 일로 항상 내 쪽에서 보내는 밀회 일정 조정의 편지가 3일정도 중단되었기 때문에, 끝까지 기다리지 못했는지, 시즈코로부터 내일 오후 3시경에 꼭 그 은신처로 와 달라는 속달이 왔다. 그것에는 "저라는 여자의 너무나도 음란한 정체를 알고, 당신은 이제 저를 싫어하게 된 것은 아닙니까, 제가 무서워진 것은 아닙니까?"라고 원망하고 있었다.

나는 이 편지를 받고도 이상하게 마음이 내키지 않았다. 그녀의 얼굴을 보는 것이 싫어서 어쩔 수가 없었다. 하지만 그럼에도 불구하고 나는 그녀가 지정해 온 시간에 오교노마쓰(御行の松)의 아래에 있는 그 도깨비 집으로 나갔다.

그것은 이미 6월로 접어들었지만, 장마 전의 끝 무렵처럼 우울한 하늘이 꽉 누르듯이 머리 위에 드리워지고, 미치광이처럼 푹푹 찌는 더운 날이었다. 전차에서 내려서, 3, 4

정(丁) 걷는 사이에 겨드랑이나 등줄기 등이 질척질척 땀이 배어, 만져보니 후지기누(富士絹)[23]의 와이셔츠가 끈적끈적 젖어 있었다.

시즈코는 나보다도 한 발 앞서 와서 시원한 흙벽으로 만든 광 속의 침대에 앉아 기다리고 있었다. 흙벽으로 만든 광 이층에는 융단을 빈틈없이 깔고, 침대와 긴 의자를 두고, 대형 거울을 여러 개 늘어놓거나 해서, 우리는 유희의 무대를 가능한 한 효과적으로 요란하게 꾸민 것인데, 시즈코는 내가 말리는 것도 듣지 않고, 융단도, 침대도, 기성품이었지만, 터무니없이 고가의 물건을 아낌없이 구입했다.

시즈코는 화려한 유키쓰무기(結城紬)[24]의 히토에모노(一重物)[25]에 오동의 낙엽 자수를 놓은 검은 색 수자(繻子)의 띠를 매고, 여느 때처럼 윤기가 흐르는 둥글게 틀어 올린 머리를 숙이고, 침대의 순백의 시트 위에 살짝 앉아 있었는데, 서양풍의 세간과 에도 취향의 그녀의 모습이 더구나 그 자리가 어둑어둑한 흙벽으로 만든 광의 이층이라서, 몹시 이

---

23) 후지기누(富士絹) : 지스러기 고치실로 순백색 비단과 같이 짠 평직.

24) 유키쓰무기(結城紬) : 작은 점무늬나 줄무늬가 있는 질긴 명주.

25) 히토에모노(一重物) : 속을 달지 않고, 지은 일본옷의 총칭.

상한 대조를 보이고 있었다. 나는 남편을 잃고도 바꾸려고도 하지 않는 그녀가 좋아하는 둥글게 틀어 올린 머리의 산뜻하고 아름답고 윤기 나게 빛나고 있는 것을 보자, 당장 틀어 올린 머리를 푹 떨어뜨려서, 앞머리가 짜부라뜨린 것처럼 흐트러지고, 끈적끈적한 살쩍이 목덜미 주변에 휘감겨 있는, 그 음란한 모습을 눈에 떠올리지 않을 수 없었다. 그녀는 그 은신처에서 돌아갈 때에는 흐트러진 머리를 풀어 붙이는 데에 늘 거울 앞에서 30분이나 썼기 때문에.

시즈코 "요전에 잿물로 닦아내는 업자에 관해 일부러 물으러 돌아오신 것은 무슨 일 때문이에요? 당신이 그렇게 당황하는 모습은 본 적이 없어요. 난, 무슨 까닭인가 하고 생각해 보았지만, 모르겠어요."

내가 들어가자, 시즈코는 바로 그런 것을 물었다.

시즈코 "당신은 몰라요?"

나는 양복 상의를 벗으면서 대답했다.

사무카와 "큰일 났어. 나는 큰 실수를 하고 있었어. 천장을 닦은 것은 12월 말이고, 오야마다 씨의 장갑 단추가 떨어진 것이 그로부터 한 달 이상이나 이전이에요. 그럴 것이 그 운전수에게 장갑을 준 것은 11월 28일이라고 하니까, 단추가 떨어진 것은 그 이전이 뻔해. 순서가 전혀 반대이에요."

시즈코 "어머나."

시즈코는 대단히 놀란 모습이었는데, 아직 확실히는 사정을 이해하지 못한 것 같았다.

시즈코 "하지만 지붕 밑으로 떨어진 것은 단추가 떨어진 것보다는 나중이지요?"

사무카와 "나중은 나중이지만 그 사이의 시간이 문제야. 즉 단추는 오야마다 씨가 지붕 밑에 올라갔을 때 그 자리에서 떨어진 것이 아니면 이상하기 때문이야. 정확히 말하면 과연 나중이지만, 단추가 떨어지는 것과 동시에 지붕 밑으로 떨어지고, 그대로 거기에 남아 있던 것이니까. 단추가 떨어지고 나서, 밑으로 떨어질 때까지 한 달 이상이나 걸리다니, 물리학의 법칙으로는 설명할 수 없잖아?"

시즈코 "그러네요." 그녀는 약간 창백해지고, 아직도 생각에 잠기고 있었다.

사무카와 "떨어진 단추가 오야마다 씨 옷 주머니에라도 들어가 있다가, 그것이 한 달 뒤에 우연히 천장 밑으로

떨어졌다고 하면, 설명이 안 되는 것은 아니지만, 그
렇다고 하더라도 오야마다 씨는 작년 11월에 입고
있던 옷으로 봄을 지난 건가?"

시즈코 "아니오, 그 사람은 멋쟁이이니까, 연말에는 죽 두껍
고 따뜻한 옷으로 갈아입었어요."

사무카와 "그거 봐요. 그러니까 이상해요."

"그럼" 하고 그녀는 숨을 들이쉬고 "역시 히라타가······"
라고 말을 하다가 입을 다물었다.

사무카와 "그래. 이 사건에는 오에 슌데이의 체취가 너무 강
해. 그래서 나는 요전의 의견서를 통째로 정정하지
않으면 안 되게 되었어."

나는 그러고 나서 앞 장에서 적은 대로 이 사건이 오에
슌데이의 걸작집 같은 것이라는 것, 증거가 지나치게 완벽
하게 갖추어져 있던 것, 위조한 필적이 너무나도 진짜와 꼭
같은 것 등을, 그녀를 위해 간단히 설명했다.

사무카와 "당신은 잘 모르겠지만, 슌데이의 생활이라는 것이
정말 이상해. 그 녀석은 왜 방문자를 만나지 않았는
지, 왜 그리도 여러 차례 이사하거나, 여행을 하거나,
아프거나 해서, 방문자를 피하려고 했는지, 마지막

에는 무코지마(向島) 스사키초(須崎町)의 집을 쓸데
없는 비용을 들여 왜 빌린 채로 내 버려두었는지, 아
무리 남과 접촉하는 것을 싫어하는 소설가이든 너무
이상하지 않나? 살인이라도 하는 준비 행위가 아니
었다고 하면, 너무 이상하지 않나?"

　나는 시즈코의 옆에 침대에 앉아서 이야기하고 있는 것
인데, 그녀는 역시 슌데이의 소행이었는가 하고 생각하자,
갑자기 무서워진 모습으로 딱 내 쪽으로 가까이 갖다 대고,
내 왼쪽의 손목을 근질근질 가렵게 꽉 쥐는 것이었다.

사무카와 "생각해 보면, 나는 마치 그 녀석의 괴뢰가 된 것
　　　같은 것이야. 그 녀석이 미리 만들어 놓은 위증을 그
　　　대로 그 녀석의 추리를 본보기로 삼아 어쩔 수 없이
　　　복습한 것 같은 것이나 다름없어. 아하하……."

　나는 스스로 조소하는 듯이 웃었다.

사무카와 "그 녀석은 무서운 놈이에요. 내가 생각하는 방식
　　　을 제대로 이해하고 있고, 그대로 증거를 만들어냈
　　　으니까. 보통 탐정이나 무엇인가로는 소용없어. 나
　　　같은 추리를 좋아하는 소설가가 아니면, 이런 번거
　　　롭고 엉뚱한 상상을 할 수 있는 것이 아니니까. 하지

만 만일 범인이 슌데이라고 하면, 여러 가지 무리가 생긴다. 그 무리가 생기는 데가, 이 사건의 난해한 까닭이며, 슌데이가 속을 알 수 없는 악인이라는 셈이지만. 무리라고 하는 것은 말이지, 끝까지 따져 보면, 두 가지 사항이 하나는 바로 그 협박장이 오야마다 씨의 사후 뚝 오지 않게 된 것, 또 하나는, 일기장이라든가, 슌데이의 저서, 『신청년』 같은 것이, 어째서 오야마다 씨의 책장에 들어 있었는가 하는 것이다. 이 두 가지만은 슌데이가 범인이라고 하면, 도저히 앞뒤가 안 맞게 된다. 설령 일기장의 바로 그 난외의 문구는 오야마다 씨의 글씨 쓸 때에 나타나는 버릇을 흉내 내서 써 넣을 수 있다고 치더라도, 또 신청년의 권두 그림의 연필 자국 같은 것도 위증을 갖추기 위해 그 녀석이 만들어 놓았다고 해봤자, 아무리 해도 곤란한 것은 오야마다 씨밖에 가지고 있지 않은 그 책장의 열쇠를 슌데이가 어떻게 손에 넣었는가 하는 것이야. 그리고 그 서재에 몰래 들어갈 수 있었는가 하는 것이야. 나는 요 삼일 동안 그 점을 마음이 아플 정도로 깊이 생각했지만, 말이야, 그 결과 그럭저럭 단 하나의 해결 방법을 찾아낸 것 같이 생각하는 것인데.

나는 아까도 말한 것처럼 이 사건에 슌데이 작품의 냄새가 넘칠 정도로 그득 차있는 것에서 그 녀석의 소설을 더욱 잘 연구해 보면, 무엇인가 해결의 열쇠를 붙잡을 수 있지는 않을까 생각해서, 그 녀석의 저서를 꺼내 읽어 보았어. 그것에는 말이지, 당신에게는 아직 말을 한 했는데, 하쿠분칸의 혼다라는 남자 이야기에 의하면, 슌데이가 끝이 뾰족한 원추형의 모자에 익살꾼 풍의 옷이라는 이상한 모습으로 아사쿠사 공원에서 서성거리고 있었다고 해. 게다가 그것이 광고가게에서 물어보니, 공원의 부랑자였다고밖에 생각할 수 없어. 슌데이가 아사쿠사 공원의 부랑자 속에 섞여 있다니, 마치 스티븐슨의 『지킬 박사와 하이드』 같잖아? 나는 거기에 생각이 나서, 슌데이의 저서 중에서 비슷한 것을 찾아보니, 당신도 알고 있지요? 그 녀석이 행방불명이 되기 전에 쓴 『파노라마 나라』라는 장편과 그것보다는 이전의 작품인 『일인이역』이라는 단편이 두 개나 있습니다.

그것을 읽으니, 그 녀석이 『지킬 박사』식의 방식에
얼마나 매력을 느끼고 있었는지, 잘 알 수 있어. 즉
한 사람이면서도, 두 사람의 인물로 변장하는 것에
말이지"

시즈코는 단단히 내 손을 꽉 쥐고 말했다.

시즈코 "난 무서워. 당신의 말투, 어쩐지 기분이 나빠요. 이
제 그만두지요, 그런 이야기. 이런 어둑어둑한 곳간
속에서는 싫어요. 그 이야기는 나중에 하기로 하고
오늘은 놀지요. 나, 당신과 이렇게 하고 있으면, 히
라타에 관한 것은 생각해내지도 않는 걸요."

사무카와 "자, 들어보아요. 당신으로서는 목숨과 관련된 일
이야. 만일 슌데이가 또 당신을 아직도 쫓아다니며
노리고 있다고 하면…."

나는 사랑의 유희를 할 계제가 아니었다.

사무카와 "나는 또 이 사건 속에서 어떤 이상한 일치를 두
가지 정도 발견했어요. 학자 냄새를 풍기는 식으로
말하면, 하나는 공간적인 일치이고, 하나는 시간적
인 일치이지만. 여기에 도쿄의 지도가 있어요."

　　나는 주머니에서 준비해 온 간단한 도쿄 지도를 꺼내서
손가락으로 가리키면서,

사무카와 "나는 오에 슌데이가 전전하면서 옮겨 다닌 주소를
혼다(本田)와 기사카타(象潟) 경찰서의 서장으로부
터 들어서 기억하고 있는데, 그것은 이케부쿠로(池
袋), 우시고메(牛込) 기쿠이초(喜久井町), 네기시(根
岸), 야나카하쓰네초(谷中初音町), 닛포리(日暮里) 가
나스기(金杉), 간다(神田) 末広町(스에히로초), 우에
노(上野) 사쿠라기초(桜木町), 혼조(本所) 야나기시마
초(柳島町), 무코지마(向島) 스사키초(須崎町)와 같이
대략 이런 식이었죠. 이 중에서 이케부쿠로와 우시
고메 기쿠이초만은 대단히 떨어져 있지만, 나머지
일곱 군데는 이렇게 지도 위에서 보면, 도쿄의 동북
구석의 좁은 지역에 집중되어 있다. 이것은 슌데이
의 대단한 실책이었던 것이에요. 이케부쿠로와 우시
고메가 떨어져 있는 것은, 슌데이의 이름이 세상에
알려져서, 방문기자 등이 밀어닥치기 시작한 것은,
네기시(根岸) 시절부터라고 하는 사실을 종합해서
생각하면, 그 의미를 잘 알 수 있어요.. 즉 그 녀석은

기쿠이초(喜久井町) 시절까지는 모두 원고에 관한 볼일은 편지만으로 끝내고 있었기 때문에. 그런데 네기시 이하의 일곱 군데를 이렇게 선으로 연결해 보면 불규칙적인 원주를 그리고 있는 것을 알지만, 그 원의 중심을 구한다면, 거기에 이 사건 해결의 열쇠가 감춰져 있는 거죠. 왜 그런가 하는 것은 지금 설명하겠지만."

그때 시즈코는 무엇을 생각했던가? 내 손을 놓고 갑자기 양손을 내 목을 휘감자 바로 그 모나리자의 입술에서 하얀 덧니를 내밀고 "무서워"라고 소리를 지르면서, 그녀의 볼을 내 볼에 그녀의 입술을 내 입술에 완전히 꽉 붙이고 말았다. 잠시 그렇게 하고 있었는데, 입술을 떼자, 이번에는 내 귀를 중지손가락으로 능숙하게 간지럽게 하면서, 거기에 입술을 가까이 대고, 마치 자장가 같은 달콤한 가락으로 소곤소곤 속삭이는 것이었다.

시즈코 "그런 무서운 이야기로 소중한 시간을 없애 버리는 것이 아까워서 참을 수 없어요. 당신. 당신, 내 이 불 같은 입술을 몰라요? 이 가슴 고동이 들리지 않아요? 자, 나를 안아 주세요. 이봐요, 나를 안아 주세요."

사무카와 "이제 조금 남았어. 이제 얼마 안 남았으니, 참고
내 생각을 들으세요. 게다가 오늘은 당신과 잘 의논
하려고 생각하고 온 것이니까."

나는 개의치 않고 계속 이야기해 나갔다.

사무카와 "그리고 시간적 일치라는 것은 말이야. 슌데이의
이름이 뚝 잡지에 보이지 않게 된 것은 나는 잘 기억
하고 있는데, 재작년 세밑부터야. 그것과 말이지, 오
야마다 씨가 외국에서 일본으로 돌아왔을 때와 ―
당신은 그것이 역시 재작년 세밑이라고 했지요? 이
두 가지가 어째서 딱 일치하고 있는지. 이것이 우연
일까? 당신은 어떻게 생각해?"

내가 그것을 끝까지 말하기 전에 시즈코는 방구석에서
그 외제 승용용 채찍을 가지고 와서, 억지로 내 오른손에 쥐
게 하고, 갑자기 옷을 벗고 엎드린 채로 침대 위에 쓰러져
드러낸 매끈매끈 어깨 위에서 얼굴만 내쪽으로 돌리고,

시즈코 "그것이 어쨌다는 거야? 그런 것, 그런 것."

미치광이처럼 까닭을 알 수 없는 말을 무심코 입 밖으로
외치면서, 상반신을 파도처럼 휘게 구부리는 것이었다.

시즈코 "자, 쳐요! 쳐요!"

작은 곳간 창을 통해 쥐색 하늘이 보이고 있었다. 전차의 울림이지만 먼 곳에서 천둥소리 같은 것이 내 자신의 이명과 섞여, 정말 격렬하고 무섭게 들려왔다. 그것은 마치 하늘에서 마물(魔物)26)의 군세가 밀어닥쳐 오는 전고(戰鼓)27)처럼 기분 나쁘게 생각되었다. 아마 그 날씨와 흙벽으로 만든 광 속의 이상한 공기가 우리 두 사람을 미치광이로 만든 것은 아니었던가? 시즈코도 나도 나중에 생각해보니, 제정신을 가진 사람의 짓은 아니었다. 나는 거기에 길게 누워 발버둥치고 있는 그녀의 땀이 난 창백한 전신을 바라다보면서, 집요하게 나의 추리를 계속해 나갔다.

사무카와 "한편으로는 이 사건 속에 오에 슌데이가 있는 것은 명약관화(明若観火)한 사실이야. 하지만 다른 한편으로는 일본 경찰력이 만 두 달 걸려도, 그 유명한 소설가를 찾아내지 못하고, 그 녀석은 연기처럼 완전히 사라져버린 것이다. 아, 나는 그것을 생각하는 것조차 무섭다. 이런 일이 악몽이 아닌 것이 이상할 정도이다. 왜 그는 오야마다 시즈코를 죽이려고 하

---

26) 마물(魔物) : 마성을 지닌 것. 요괴. 요물. 악마.

27) 전고(戰鼓) : 전쟁터에서, 군세의 진퇴의 신호로 치던 큰 북.

지는 않는 거야? 뚝 하고 협박장을 쓰지 않게 된 거
야? 그 녀석은 어떤 인술(忍術 ; 둔갑술)로 오야마다
씨의 서재에 들어갈 수 있었던 거야? 그리고 자물쇠
가 달린 책장을 열 수가 있었어. ……나는 어떤 인물
을 생각해내지 않으면 견딜 수 없었다. 다름 아닌 여
류 탐정 소설가 히라야마 히데코(平山日出子)이다.
세상에서는 그 사람을 여자라고 생각하고 있어. 작
가나 기자 동료들도 여자라고 믿고 있는 사람이 많
아. 히데코 집으로는 매일처럼 애독자 청년으로부터
의 러브레터가 날아든다고 해. 그런데 사실은 그는
남자이야. 게다가 버젓한 정부의 관리이야. 탐정작
가라는 것은 나도 슌데이도 히라야마 히데코도 죄다
괴물이야. 남자이면서도 여자로 둔갑해 보거나, 여
자이면서도 남자로 분갑해 보거나, 엽기적인 취미가
심해지면, 그런 데까지 가고 마는 거야. 어떤 작가는
밤에 여장을 하고 아사쿠사를 어정거렸다. 그리고
남자와 사랑하는 흉내조차 했어."
　나는 이미 정신없이 미치광이처럼 계속해서 지껄였다.
얼굴 전체에 가득 땀이 배고 그것이 기분 나쁘게 입속에 흘

러들어왔다.

사무카와 "자, 시즈코 씨. 잘 들으세요. 내 추리가 틀렸는지 틀리지 않았는지. 슌데이의 주소를 연결한 원의 중심은 어디야. 이 지도를 보세요. 당신 집이야. 아사쿠사(浅草) 야마노슈크(山の宿)야. 모두 당신 집에서 자동차로 10분 이내의 곳뿐이야. ……오야마다 씨가 일본에 돌아온 것과 동시에 왜 슌데이는 모습을 감춘 거야? 이제 다도와 음악을 배우러 다닐 수 없게 되었기 때문이야. 알겠습니까? 당신은 오야마다 씨가 집을 비운 사이 매일 오후부터 밤이 될 때까지 다도와 음악을 배우러 다녔습니다. … 제대로 준비를 해 두고, 내게 그런 추리를 세우게 한 이는 누구였던가? 당신이에요. 나를 박물관에서 붙잡고, 그리고 나서 자유자재로 조종한 것은. … 당신이라면 일기장에 자기 마음대로의 문구를 덧쓰는 것도 그 밖의 증거품을 오야마다 씨의 책장에 넣는 것도 천장에 단추를 떨어뜨려 놓는 것도 자유롭게 할 수 있는 것입니다. 나는 여기까지 생각한 것입니다. 달리 생각할 방도가 있습니까? 자, 대답을 하세요. 대답을 하세요."

시즈코 "너무해요. 너무합니다." 나체의 시즈코가 와 하고 비명을 지르고, 내게 매달려왔다. 그리고 내 와이셔츠 위에 얼굴을 대고, 뜨거운 눈물이 내 피부에 느낄 정도로 하염없이 울어대는 것이었다.

사무카와 "당신은 왜 우는 것입니까? 아까부터 왜 내 추리를 말리려고 했습니까? 예사라면 당신에게는 목숨이 걸린 문제이니까 듣고 싶어 할 것이잖습니까? 이것만으로도 나는 당신을 의심하지 않을 수 없는 것이다. 잘 들어요. 아직 내 추리는 끝이 아닙니다. 오에 슌데이의 아내는 왜 안경을 쓰고 있었고 금니를 하고 있었고 치통을 멎게 하는 바르는 약을 사용하고 있었고 서양 식 머리로 묶어 얼굴을 동그랗게 보이고 있었는지? 그것은 슌데이의 『파노라마나라』의 변장법 전부 그대로가 아닙니까? 슌데이는 그 소설 속에서 일본인의 변장의 비법을 설명하고 있다. 머리 형태를 바꾸는 것, 안경을 쓰는 것, 홀쭉한 볼을 불룩하게 보이기 위해 어금니와 볼 사이에 솜을 넣는 것, 그리고 또 『닛센도카(二銭銅貨)28)』속에서는 튼튼한

28) 『二銭銅貨』 (にせんどうか) 』 : 1923년에 에도가와 란포(江戸川乱歩)

이 위에 밤에 여는 노점에서 파는 도금의 금니를 끼우는 아이디어가 쓰여 있다. 당신은 남의 눈에 띄기 쉬운 덧니가 있다. 그것을 감추기 위해 도금의 금니를 씌운 것이다. 당신의 오른쪽 볼에는 커다란 점이 있다. 그것을 감추기 위해 당신은 치통을 멎게 하는 약을 바르고 있었던 것이다. 서양 식 머리로 묶어, 오뚝한 코에 희고 갸름한 얼굴을 둥근 얼굴로 보이게 하는 정도는 대수롭지 않은 일이다. 그렇게 해서 당신은 슌데이의 아내로 둔갑한 것이다. 나는 그저께 혼다에게 당신을 틈으로 들여다보게 해서, 슌데이의 아내와 안 닮았는지를 확인했다. 혼다는 당신의 둥글게 틀어 올린 머리를 서양 식 머리로 바꾸고, 안경을 쓰고, 금니를 넣게 하면, 슌데이의 아내와 똑같다고 했지 않았습니까? 자, 전부 다 말해요. 전부 다 알았다. 이래도 당신은 아직도 나를 속이려고 하는 것입니까?"

나는 시즈코를 떼밀어 버렸다. 그녀는 축 늘어져서 침대 위에 넘어지며 기대고, 격렬하게 울어 대며 계속 기다려도

가 발표한 단편 추리소설로, 그의 처녀작이다.

대답하려고 하지는 않는다. 나는 완전히 흥분해서, 나도 모르게 승마용 채찍을 휘둘러서, 철썩하고 그녀의 벌거벗은 등에 채찍으로 세차게 내리쳤다. 나는 정신없이 "이래도 말 안 할 거야? 이래도 말 안 할 거야?" 하며 여러 차례 계속해서 때렸다. 순식간에 그녀의 창백한 피부는 빨간 기를 띠고, 얼마 후 지렁이가 긴 형태로 새빨간 피가 배어나왔다. 그녀는 내 채찍을 맞으면서, 여느 때 하는 것과 마찬가지로 음란한 모양으로 손발을 바르작거리며, 몸을 비비 꼬았다. 그리고 숨이 끊어질 것 같은 숨결 속에서 "히라타, 히라타"라는 말을 가느다란 소리로 무의식중에 입 밖에 냈다.

사무카와 "히라타? 아, 당신은 아직도 나를 속이려고 하는군. 당신은 슌데이의 아내로 변장하고 있었다면, 슌데이라는 인물은 따로 있을 것이라도 말하는 것입니까? 슌데이 같은 게 어디 있단 말이야? 그것은 전혀 가공의 인물이야. 그것을 속이기 위해 당신은 그의 아내로 변장해서 잡지 기자 등을 만나고 있었던 거야. 그리고 그리도 자주 주소를 바꾼 거야. 그러나 어떤 사람에게는 전혀 가공의 인물로는 속일 수 없으니까, 아사쿠사 공원의 부랑자를 고용해서, 다다미방에 눕

혀 놓은 거야. 슌데이가 익살꾼 모양의 복장을 한 남
자로 변장한 것이 아니라, 익살꾼 모양의 복장을 한
남자가 슌데이로 변장하고 있던 거야."

시즈코는 침대 위에서 죽은 듯이 되어 잠자코 있었다. 그
냥 그녀의 등의 부르틈만이 마치 살아 있는 것처럼 그녀의
호흡에 따라 꿈틀거리고 있었다. 그녀가 가만히 있자, 나도
다소 흥분이 식어갔다.

사무카와 "시즈코 씨, 나는 이렇게 심하게 할 생각은 없었어.
더 조용히 이야기해도 괜찮았어. 하지만 당신이 내
이야기를 자꾸 피하려고 하기 때문에 그리고 그런
교태로 속이려고 들기 때문에 나도 그만 흥분하고
말았어요. 용서해 주세요. 그럼 당신은 말을 안 해도
돼. 내가 당신이 다가온 것을 순서대로 말해 볼 테니,
만일 틀렸으면 그렇지 않다고 한 마디 해 주세요."

그렇게 해서 내 추리를 잘 알 수 있게 들려 준 것이다.

사무카와 "당신은 여자치고는 드물게 이성과 지혜 그리고 글
재주를 타고 났다. 그것은 당신이 내게 준 편지를 읽
기만 해도 충분히 알 수 있습니다. 그런 당신이 익명

으로 게다가 남자 이름으로 탐정소설을 써 볼 생각이 든 것은 전혀 이상하지 않습니다. 하지만 그 소설이 의외로 호평을 얻었다. 그리고 마침 당신이 유명하게 되기 시작했을 때 오야마다 씨가 2년이나 외국에 가게 되었다. 그 외로움을 위로하기 위해 또한 당신의 엽기 버릇을 만족시키기 위해 당신은 문득 '일인삼역(一人三役)'이라는 무시무시한 트릭을 생각해 냈다. 당신은 『일인이역(一人二役)』이라는 소설을 쓰고 있는데, 그 위를 넘어 일인 삼역이라는 멋진 것을 생각해낸 것입니다. 당신은 히라타 이치로(平田一郎)의 이름으로 네기시(根岸)에 집을 빌렸다. 그 전의 이케부쿠로(池袋)와 우시고메(牛込)는 단지 편지의 수령 장소를 만들어 두었을 뿐이다. 그리고 남과 접촉하는 것을 싫어하는 병과 여행 등으로 히라타라는 남성을 세상의 이목에서 숨겨 두고, 당신이 변장을 해서, 히라타 부인으로 둔갑해서 히라타를 대신하여 원고 이야기까지 일체 척척 해낸 것이다. 즉 원고를 쓸 때에는 오에 슌데이의 히라타가 되고, 잡지 기자를 만나거나, 집을 빌리거나 할 때에는, 히

라타 부인이 되고, 야마노슈쿠(山の宿)의 오야마다 집에서는 오야마다 부인으로 행세하고 있던 것입니다. 즉 일인 삼역입니다. 이를 위해 당신은 거의 매일 같이 오후 내내 다도나 음악을 배운다고 하며, 집을 비워야 했다. 반나절은 오야마다 부인, 반나절은 히라타 부인, 몸 하나를 나누어 사용하고 있던 것입니다. 그러기 위해서는 머리도 바꿔 묶을 필요가 있고, 옷도 갈아입거나 변장을 하거나 할 시간이 필요해서, 너무 먼 곳이면 곤란합니다. 그래서 당신은 주소를 바꿀 때 야마노슈쿠를 중심으로 자동차로 10분 정도의 곳만 선택한 셈입니다. 나는 같은 엽기적인 무리이기 때문에, 당신의 기분을 잘 알 수 있습니다. 무척 고생스런 일이지만, 세상에 이리도 매력 있는 유희는 아마 이밖에는 없겠지요. 나는 짐작되는 일이 있어요. 언젠가 어떤 비평가가 슈데이의 작품을 평하며, 여자가 아니면 갖고 있는 않는 불쾌할 정도의 시기심에 넘치고 있다. 마치 어둠에 꿈실거리는 '음험한 짐승(음수 ; 陰獸)'과 같다고 말한 것을 상기합니다. 그 비평가는 사실을 말한 것입니다.

그러는 사이에 짧은 2년이 지나가고, 오야마다 씨가 돌아왔다. 이제 당신은 원래처럼 '일인이역'을 맡을 수 없다. 그래서 오에 슌데이의 행방불명이라는 것이 만들어진 것입니다. 하지만 슌데이가 극단적으로 남과 접촉하는 것을 싫어하는 병자라고 하는 것을 알고 있는 세상은 그 부자연스러운 행방불명을 별반 의심하지 않았다. 그러나 당신이 어째서 그런 무서운 죄를 범하는 생각을 하게 되었는지, 그 기분은 남자인 나는 잘 모르겠지만, 변태심리학의 서책을 읽으면, 히스테리성(Hysterie性)29)의 부인은 누차 자기가 자기 앞으로 협박장을 써 보내는 법이라고 합니다. 일본에도 외국에도 그런 실례는 많이 있습니다. 즉 자신도 무서워하고, 다른 사람도 자신을 가엾게 생각해 주었으면 하는 마음입니다. 당신도 틀림없이 그렇다고 생각합니다. 자신이 둔갑하고 있던 유명한 남성의 소설가로부터 협박장을 받는다. 이 얼마나 멋진 매력일까요?

---

29) 히스테리성(Hysterie性) : 일시적으로 병적인 흥분 상태가 되는 성질이나 성향.

　동시에 당신은 나이를 먹은 당신 남편에게 불만을 느끼게 되었다. 그리고 남편의 부재중에 경험한 변태적인 자유의 생활에 그만둘 수 없는 동경을 품게 되었다. 아니, 더욱 깊이 파고들어 말하면, 이전에 당신이 슌데이의 소설 속에 쓴 대로, 범죄 그 자체에 살인 그 자체에 말할 수 없는 매력을 느낀 것이다. 그것에는 마침 슌데이라는 완전히 행방불명이 된 가공의 인물이 있다. 이 사람에게 혐의를 걸어 두었다면, 당신은 영구히 안전하게 있을 수 있었고, 싫은 남편과는 이별하고, 막대한 유산을 상속받고, 반평생을 마음대로 행동할 수 있다.

　하지만 당신은 그것만으로는 만족하지 않았다. 만전을 기하기 위해 이중의 예방선을 치는 것을 생각해냈다. 그리고 골라나온 것이 나인 것입니다. 당신은 언제나 슌데이의 작품을 비난하는 나를 감쪽같이 허수아비로 만들어, 복수를 해 주려고 생각한 것이지요. 따라서 내가 그 의견서를 보여주었을 때에는 당신은 얼마나 우스꽝스러웠을까요? 나를 속이는 것은 손 쉬었을 것입니다. 장갑의 장식 단추, 일기장,

신청년, 『지붕 밑의 유희』 그것으로 충분했을 것이니까요. 하지만 당신이 항상 쓰고 있는 것처럼 범죄자라는 것은 어딘가에 정말 하찮은 실책을 남겨 두는 법입니다. 당신은 오야마다 씨의 장갑에서 떨어진 단추를 주워서, 소중한 증거품으로 사용했지만, 그것이 언제 떨어졌는지를 잘 조사해 보지 않았다. 그 장갑을 아주 오래 전에 운전수에게 준 것을 전혀 모르고 있었던 것입니다. 이 얼마나 하찮은 실책이었나요? 오야마다 씨의 치명상은 역시 내가 전에 추찰한 대로라고 생각합니다. 다만 다른 것은 오야마다 씨가 창 밖에서 훔쳐본 것이 아니라, 대개는 당신과 치정(痴情)의 유희 중에(그러므로 그 가발을 쓰고 있었던 것이지요.) 당신이 창 안으로부터 밀어 떨어뜨린 것입니다.

자, 시즈코 씨. 내 추리가 틀렸습니까? 뭐라고 대답을 하세요. 가능하면 내 추리를 완전히 깨어 주세요. 이봐요? 시즈코 씨."

나는 축 늘어져 있는 시즈코 어깨에 손을 대고, 가볍게 흔들었다. 하지만 그녀는 수치와 후회 때문에 얼굴을 들 수가 없었는지, 몸도 움직이지 않고 한 마디도 하지 않았다.

나는 말하고 싶은 만큼 다 말하자, 맥이 풀려, 그 자리에 망연자실하게 내내 서 있었다. 내 앞에는 어제까지 나의 둘도 없는 연인이었던 여자가 상처를 입히는 음험한 짐승(음수 ; 陰獸)의 정체를 드러내고, 쓰러져 있다. 그것을 가만히 바라다보고 있으니, 어느 틈인지 내 눈은 뜨거워졌다. 나는 정신을 차리고 말했다.

사무카와 "그럼 나는 이것으로 돌아가겠습니다. 당신은 나중에 잘 생각하세요. 그리고 올바른 길을 선택해 주세요. 나는 최근 한 달 동안 당신 덕분에 아직 경험하지 않았던 치정의 세계를 볼 수 있었습니다. 그리고 그것을 생각하면 지금도 나는 당신과 헤어지기 힘든 생각이 듭니다. 그러나 이대로 당신과의 관계를 계속해 나가는 것은 내 양심이 허락하지 않습니다. 나는 도덕적으로 남보다 갑절이나 민감한 남자입니다. … 그럼, 안녕히 계세요."

나는 시즈코 등의 부르틈 위에 정성이 들어간 입맞춤을

남기고, 잠시 동안 그녀와의 치정의 무대였던 우리의 도깨비 집을 뒤로 했다. 하늘은 점점 낮아지고, 기온은 한층 높아진 것 같이 느껴졌다. 나의 온 몸에는 기분 나쁜 땀방울이 맺혀가며 이빨이 딱딱거리며 마주치고, 미치광이처럼 비트적 비트적 걸어갔다.

XII

그리고 그 이튿날 석간에서 나는 시즈코의 자살을 알았다. 그녀는 아마 그 서양관의 이층에서 오야마다 로쿠로 씨처럼 스미다가와에 몸을 던져, 체념하고 익사로 생을 마감한 것이다. 운명의 무서움은 스미다가와의 흐르는 방식이 일정하지 않기 때문에 일어난 것이겠지만, 그녀의 시신은 역시 아즈마바시 아래의 기선 선착장 옆을 표류하다가 아침에 지나가는 사람에 의해 발견된 것이었다.

아무 것도 모르는 신문기자는 기사 뒤에 "오야마다 부인은 아마도 남편 로쿠로 씨와 똑같은 범인의 손에 의해 덧없는 최후를 마쳤을 것이다."라고 덧붙였다.

나는 이 기사를 읽고 내 이전 연인의 가엾은 죽음을 불쌍히 여기고 깊은 애수를 느꼈지만, 시즈코의 죽음은 그녀의 무서운 죄를 자백한 것과 다름없으며, 정말 당연한 결과라고 생각하였다. 한 달쯤은 그런 식으로 굳게 믿고 있었다.

하지만 얼마 안 있어 내 망상의 열기가 서서히 식어감에 따라 무시무시한 의혹이 두각을 나타내기 시작했다. 나는 한 마디도 시즈코의 직접적인 참회를 들은 것은 아니었다.

각종 증거가 갖추어져 있다고 하더라도, 그 증거의 해석은 모두 내 공상이었다. 2에 2를 더하면 4가 된다는 것과 같은 엄정 불변의 것일 수는 없었다. 실제로 나는 운전수의 말과 잿물로 닦아내는 업자의 증언만으로 구성한, 진짜같이 보이는 추리를 각종 증거를 마치 정반대로 해석할 수 있지 않을까? 그것과 같은 일이 또 하나의 추리에도 일어나지 않는다고 어찌 단언할 수 있을까? 사실 나는 그 흙벽으로 만든 광의 이층에서 시즈코를 책망했을 때도 처음에는 뭐 그렇게까지 할 생각은 아니었다. 조용히 사정을 이야기하고, 그녀의 변명을 들을 생각이었다. 그것이 이야기 중간부터 그녀의 태도가 이상하게 나의 사추를 유발했기 때문에, 그만 나도 모르게 그리 모질게 단정적으로 말을 하고 만 것이다. 그리고 마지막으로 여러 차례 몇 번이고 확인해도, 그녀가 전혀 입을 열지 않고 대답하지 않아서, 틀림없이 그녀의 죄를 긍정한 것으로 지레짐작하고 만 것이다. 하지만 그것은 어디까지나 지레짐작이 아니었을까?

　아니나 다를까, 그녀는 자살을 했다. (하지만 과연 자살
이었나? 타살! 타살이라고 하면 하수인은 어떤 사람이냐?
무서운 일이다) 자살을 했다고 해서, 그것이 과연 그녀의 죄
를 입증하게 되는 것일까? 좀 더 다른 이유가 있었는지도
모르지 않을까? 예를 들어 의지하고 있던 나로부터 그처럼
의심을 받고 책망을 당해서, 변명할 방도가 없다고 알자 생
각이 좁은 여자의 몸으로는 일시적인 격동에서 그만 세상을
비관하게 된 것은 아닐까? 그렇다고 하면, 그녀를 죽인 사람
은 직접 손은 쓰지 않았더라도, 분명히 나였던 것은 아닌가?
나는 아까 타살이 아니라고 말했지만, 이것이 타살이 아니
라면 무엇이 타살이란 말인가?

　하지만 내가 그냥 한 여자를 죽였을지도 모른다는 혐의
만 없다면, 그런 대로 참을 수 있다. 그러나 나의 불행한 망
상 버릇은 더 더욱 무시무시한 일마저 생각하는 것이다. 그
녀는 분명히 나를 사랑하고 있었다. 사랑하는 사람에게 의
심을 받고, 무서운 범죄인으로 심하게 책망을 받은 여자의
마음을 생각해 보지 않으면 안 된다. 그녀는 나를 사랑하기
에 그 연인의 풀기 힘든 의혹을 슬퍼하기에 마침내 자살을

결심한 것은 아닐까? 또 설령 내가 세운 그 무시무시한 추리가 맞았다고 해도 마찬가지이다. 그녀는 왜 오랫동안 부부로서 같이 산 남편을 살해할 생각이 든 것일까? 자유인가 재산인가 그런 것이 한 여자를 살인죄로 빠트릴 정도의 힘을 가지고 있었을까? 그것은 사랑은 아니었던가. 그리고 그 연인이라고 하는 것은 다름 아닌 내가 아니었던가?

아, 나는 유달리 무시무시한 이 의혹을 어떻게 하면 좋을까? 시즈코가 살인자이었든 그렇지 않았든 간에 나는 그리도 나를 연모한 불쌍한 여자를 죽이고 말았던 것이다. 나는 내 보잘 것 없는 도의심(道義心)30)을 저주하지 않을 수 없다. 세상에 사랑만큼 강하고 아름다운 것이 있을까? 나는 그 깨끗하고 아름다운 사랑을 도학자(道学者) 같은 완고한 마음으로 무참하게도 때려 부수고 만 것은 아닐까?

하지만 만일 그녀가 내가 상상한 대로 오에 슌데이 그 사람이고 그 무시무시한 살인죄를 범한 것이라면, 나는 그런대로 다소 평안해지는 데가 있다. 그렇다고 하더라도, 지금 와서 그것을 어떻게 확인할 수 있겠나? 오야마다 로쿠로 씨

---

30) 도의심(道義心) : 사람이 마땅히 행하여야 할 도덕적 의리를 소중히 여기는 마음.

는 죽고 말았다. 오야마다 시즈코도 죽고 말았다. 그리고 오에 슌데이는 영원히 이 세상에서 사라져 버리고 말았다고밖에 생각할 수 없지 않는가? 혼다는 시즈코가 슌데이 아내와 닮았다고 했다. 하지만 닮았다고 하는 것만으로 그것이 무슨 증거가 되겠는가? 나는 여러 차례 이토자키 검사를 찾아가서, 그 이후의 경과를 물어 보았지만, 그는 항상 애매한 대답을 할 뿐, 오에 슌데이 수색의 전망이 서 있다고도 보이지 않는다. 나는 또 사람에게 부탁해서 히라타 이치로의 고향인 시즈오카의 마을을 조사시켰지만, 그가 참으로 가공의 인물이 되어 주었으면 하는 헛된 기대는 보람이 없이 지금은 행방불명의 히라타 이치로라는 인물이 있었던 것을 알려 왔다. 하지만 설령 히라타라는 인물이 실존하고 있어 봤자, 그가 진짜 시즈코의 이전 연인이어 봤자, 그 사람이 오에 슌데이고 로쿠로 씨 살해범이었다고 어떻게 단정할 수 있을까? 그는 지금 실제로 어디에도 없고, 시즈코는 그냥 옛날 연인의 이름을 '일인삼역'의 한 명의 본명으로 이용하지 않았다고는 말할 수 없으니까. 나아가 나는 친척 사람의 허락을 얻어 시즈코의 소지품, 편지 부류 등을 철저하게 조사시켰다. 그러고 나서 어떤 사실을 알아내려고 한 것이다. 그러나 이 시도도 어떤 결과를 가져다주지 못했다.

나는 내 추리 습성을 망상 습성을 아무리 후회해도 후회하기가 부족할 정도였다. 그리고 가능하면 히라타 이치로의 오에 슌데이의 행방을 찾기 위해 설령 그것이 소용없다는 것은 알고 있어도, 일본 전국을 아니, 세상 끝까지도 평생 순례를 하며 돌아다니고 싶은 기분이 들었다. (하지만 슌데이를 찾아, 그가 하수인이었다고 하더라도, 또 아니었다고 하더라도 각각 다른 의미로 내 고통은 한층 깊어질지도 모르지만)

시즈코가 비참한 죽음으로 생을 마감하고 나서, 벌써 반 년이나 된다. 하지만 히라타는 언제까지나 나타나지 않는다. 그리고 나의 되돌릴 수 없는 무시무시한 의혹은 시간이 지남에 따라 깊어갈 뿐이다.

■ 역자 소개

• 이성규(李成圭)

(현)인하대학교 교수, 한국일본학회 고문
(전)KBS 일본어 강좌 「やさしい日本語」 진행, (전)한국일본학회 회장
한국외국어대학교 일본어과 졸업
일본 쓰쿠바(筑波)대학 대학원 문예·언어연구과(일본어학) 수학
언어학박사(言語学博士)
전공 : 일본어학(일본어문법·일본어경어·일본어교육)

저서 :
『도쿄일본어』(1-5), 『현대일본어연구』(1-2)〈共著〉, 『仁荷日本語』(1-2)〈共著〉, 『홍익나가누마 일본어』(1-3)〈共著〉, 『홍익일본어독해』(1-2)〈共著〉, 『도쿄겐바 일본어』(1-2), 『現代日本語敬語の研究』〈共著〉, 『日本語表現文法研究』 1, 『클릭 일본어 속으로』〈共著〉, 『実用日本語』 1〈共著〉, 『日本語 受動文 研究의 展開』 1, 『도쿄실용일본어』〈共著〉, 『도쿄 비즈니스 일본어』 1, 『日本語受動文の研究』, 『日本語 語彙論 구축을 위하여』, 『일본어 어휘』 I, 『日本語受動文 用例研究』(I-III), 『일본어 조동사 연구』(I-III)〈共著〉, 『일본어 문법연구 서설』, 『현대일본어 경어의 제문제』〈共著〉, 『현대일본어 문법연구』(I-IV)〈共著〉, 『일본어 의뢰표현 I』, 『신판 생활일본어』, 『신판 비즈니스일본어』(1-2), 『개정판 현대일본어 문법연구』(I-II), 『일본어 구어역 마가복음의 언어학적 분석(I-IV)』, 『일본어 구어역 요한복음의 언어학적 분석(I-IV)』, 『일본어 구어역 요한묵시록의 언어학적 분석(I-III)』

역서 :
『은하철도의 밤(銀河鉄道の夜)』(미야자와 겐지)〈공역〉, 『인생론 노트(人生論ノート)』(미키 기요시)〈공역〉, 『두 번째 입맞춤(第二の接吻)』(기쿠치 간)〈공역〉

수상 :
최우수교육상(인하대학교, 2003)
연구상(인하대학교, 2004, 2008)
서송한일학술상(서송한일학술상 운영위원회, 2008)
번역가상(사단법인 한국번역가협회, 2017)
학술연구상(인하대학교, 2018)

● 오현영(吳眄榮)

계명대학교 일어일문학과 졸업

일본 쓰쿠바(筑波)대학 대학원 문예·언어연구과(응용언어학) 수학

언어학박사(言語學博士)

(현) 연세대학교 학부대학 강사

전공 : 일본어학(일본어담화론·일본어교육·일본어통번역)

저서 : 『韓国人日本語学習者の初対面接触場面における自己開示の研究』(2022)

역서 : 두 번째 입맞춤(第二の接吻)』(기쿠치 간)〈공역〉(2022)

논문 : 「한국인 일본어학습자와 일본어 모어화자의 자기개시의 남녀차 -회화
　　　데이터 분석으로부터-」일본어교육연구 Vol.99 (2022)

　　　「初対面会話における沈黙の男女差について」한국일본언어문화학회
　　　Voo.56 (2021)

　　　「初対面会話における沈黙について― 韓国人日本語学習者と日本語母語話
　　　者の会話データを中心に―」한국일어일문학회 Vol. 117(2021)

　　　「自己開示と共起する「笑い」について― 韓国人日本語学習者と日本語母語
　　　話者の自然会話を対象に ― 」한국일본어문학회 Vol.87(2020)

　　　이외 다수.

초판인쇄   2022년 9월 20일
초판발행   2022년 9월 26일
옮 긴 이   이성규·오현영
발 행 인   권 호 순
발 행 처   시간의물레
주   소   경기도 파주시 숲속노을로 150, 708-701
전   화   031-945-3867
팩   스   031-945-3868
전자우편   timeofr@naver.com
홈페이지   http://www.mulretime.com
블 로 그   http://blog.naver.com/mulretime
I S B N   978-89-6511-402-4 (03830)
정   가   12,000원